甲江和与、流れ

田島高分（たじま たかわき）

郁朋社

甲江和与、流れ

一

侍女の足音が外廊下を渡っていく。

庭を配する館は豪奢な造りだが、そこから望む山水は夏草がそこここに萎れ、荒れた気配を漂わせていた。館の甍（いらか）は白く輝き、軒下を影に沈ませている。その影の中を侍女の気配が迫ってくる。摺り足が早くなった。足音は午後の静けさを揺らし、形よく組み上げられた斗栱（ときょう）の下を角に折れ、日に照らされた広縁に姿を現した。

鶯色の小袖に柿色の打掛を腰に巻き、裾も割らずに走っていく。素足が忙しく動き、その動きほどには摺り音がしない。走り慣れた女の足運び。振分に切り揃えた髪が左右に揺れ、光の加減か少し縮れて茶に抜けている。

ここ甲府の秋はからりと明るく、日と影をはっきり区切る。木々の影が揺れ、影を拾うように侍女は渡っていった。

部屋の前まで来てひとつ息を整える。

小さな顔に、尖った顎と大きな目。小動物を思わせるしなやかさで膝を付き、館の主に声を掛けた。

「松姫様、御坊丸様が、いえ源三郎様がおいででございます」

侍女はわざと元服前の名前を呼んだ。この館では御坊丸の方が慣れ親しまれている。

「楓か？　暫し待ちなさい」

部屋の中の松姫はいつものお勤めをしていたのだろう、畳を摺る音とともに急いで小箱を片付ける気配がした。

日を斜めに受け、侍女の楓は戸の前で待っている。膝を付いたまま内の様子をそれとなく窺う。

松姫は夫である勘九郎の思い出の品を一つひとつ愛でる。それを館の者は〝姫のお勤め〟と呼んでいた。お勤めをしている間は誰も部屋へは入れない。それは乳母役の楓も同じ。待つ間、何を慈しんでいたかを思い描いてみる。

――勘九郎様の文かしら？　それとも贈られた匂い袋？　匂い袋なら部屋に入れば分かる。

松姫のお勤めの痕跡を見つけるのは楓の密かな楽しみでもある。

気配が落ち着くと、静かな声が楓を呼んだ。

目を落として障子を引く。控えめに顔を上げると、質素な柿渋の小袖に身を包み松姫がこちらに目を向けていた。すべらかしの髪を黒々と肩に広げ、下膨れの白い顔には鬢そぎの髪が掛かる。急いで座り直したのだろうか顔は少し上気して、それだけで若竹のような瑞々しさ。

「源三郎様がいらっしゃったのですね」

姫の声に急いで頷き、

「ご準備をさせていただきます」と部屋へ入りながら素早く目を走らせる。これは楓の別な顔、忍びの習いだが、今は〝姫のお勤め〟の痕跡を探している。

——今日は勘九郎様の姿絵を見ていらっしゃったのかしら。

床の間の桐箱の位置を確かめ、それに気付かれぬように衣装道具へ向かった。ここにも勘九郎から贈られた品々が溢れている。様々な色衣装の中から紗の打掛を選んだ。

松姫は楓が選ぶのを待って立ち上がる。

切れ長の目に豊かな頬。長い黒髪がさらりと広がる。下膨れの首元はしっとりと潤い、若い肌理を輝かせる。楓はぬらりとした黒髪を整え、鬢そぎの髪を揃えた。姫の髪に触るたびに自分の髪と比べてしまう。色の抜けた茶色、雨が降ると波打つ髪。

「姫様、お化粧は？」

自分の思いを切るように姫に声を掛けると、

「要りません。源三郎様がお越しになるのはいつ以来でしょう？　久しゅうなりますね。お待たせしてしまいます。さあ、急ぎましょう」姫の切れ長の目が緩んだ。

女の楓も見惚れてしまう。黒髪に区切られた滑らかな肌は化粧など施さなくても頬や目元に朱鷺(とき)色を散らしている。

源三郎の来訪を聞いて姫も急いているようだ。おっとりしているように見えて、松姫の動きは機敏で、打掛を両手で支え、裾を上げるとすべるように部屋を出る。と、裾を払って源三郎の待つ部屋へ向かっていった。

明るい陽射しから内廊下に入ると目の前が暗くなる。姫の足元に目を配り、歩む先を手で示しながら摺り足で先を急ぎ、そして部屋の前で膝を付き、

「姫様でございます」と声を掛けた。

その声を待って姫が打掛を刷く。紗の裾が円を描いて部屋に向き、姫は中へと入っていった。

部屋に入ってまず目にしたものは若く柔らげな襟足。襟足を見せて侍烏帽子を低くしている。姫は床の間を背に座り、次の間で平伏する若侍の背格好へゆっくりと目を遣った。横に控える楓も久しぶりに見る源三郎の姿だ。侍が顔を上げれば目を落としていなければならない。見るなら今のうち、と大きな目に源三郎を写した。

障子の和らいだ光を受け、浅葱の小袖に黄紫の素襖姿、濃紺の胸帯を垂らして型通りの平伏を見せている。

――大きな背。立派なお姿になられたこと。

姫もしばらく源三郎の背を眺めていたが、ひとつ頷くと声を掛けた。

「源三郎様、お久しゅうございます。どうぞ、お顔をお上げくださいませ」

拍子を置いて顔を上げ、その顔が姫に向かうとすぐに寛いだ。すると女ばかりの館が急に華やぐ。

「義姉上様、お変わりござりませんか？」

声の主、以前は御坊丸と呼ばれていた青年は顔も声も、少し見ぬ間に大人びていた。元服以前はよくこの館に遊びに来ては女たちを大いに困らせ、笑わせ、そして慰めてくれた。それが、元服を境に大人の世界に入ったようだ。今は表情にも男の余裕がある。

「私は変わりませぬ。ここは変わることはありませんから」

その言葉に源三郎の笑顔が中途半端に留まった。それに気付いて、

「変わりなく過ごしております」と言い換え、言葉を継いだ。

「源三郎様はお変わりございませんか？　ご近習のお衣装ですか？　ようお似合いです。武王丸様ご近習のお勤め、励んでおられますか？」

「年の近い方が多いので、皆様に……良くしていただいています」

松姫の目線を受けて源三郎は顔を赤らめた。それが姫への思慕からか、若侍たちにある男色、武王丸を中心とした近習同士の男の契りを隠すためかは分からない。

楓はそっと源三郎を盗み見た。

男の契りは若いときに築くもの。若者たちは競って契りを結び合う。体の契りはそのまま家同士の同盟に繋(つな)がる。特に若殿近習は領国国衆の子弟が集まっているから、契りは武田家団結の約定のようなものとなる。そしてその相手が源三郎なら尚更だろう。

確かに源三郎は男からも女からも好かれる優しげな男だ。

ここ甲斐武田には稀な公達顔、それに立姿や所作も妙に色気のある、絵になる若者と言える。本人は抑え隠そうとしているが、京に近い国、尾張の雅が甲斐の山里では匂い立ってしまうようだ。

織田源三郎信房。

織田信長の五男、御坊丸として生まれ、幼少の頃、東美濃の名門、岩村遠山(とおやま)家の養子に入った。しかし内紛と混乱の中で武田に攻め落とされ、甲府に送られ人質となった。

それから五年が過ぎたことになる。

少年の多感な時期を甲斐で過ごし、姿かたちは尾張とは言え、甲府以外を知らぬ甲斐侍として育っていた。

元服して名を源三郎信房と改めた。源三郎が通称名、信房は諱。諱は忌名、神仏に繋がる名前。言霊を信じる人々は、諱が怪異を振り向かせると考え、気軽に口にすることはなかった。官位名を使う場合もあるが、位を持たぬ源三郎はただ〝源三郎〟と呼ばれていた。

今は躑躅ヶ崎館で武王丸、後の武田太郎信勝の近習を務めている。これは甲斐では当たり前のこと。国人領主や占領地から多くの子弟が人質として甲府に集められていた。そしてここで競うように勉学し知遇を得て、甲斐侍として育っていく。武田家に仕え、実家の力を地歩に家臣としての地位を築くのだ。

源三郎もそのひとり。武田家家臣として出世の階段を歩み出していた。武田の世界で生きる場所を作り出す。若い顔にはその気概が満ちている。

「義姉上様には、上杉景勝公との婚儀の話が出ていると聞きました。本当なのですか？」

「そのお話ですか……」そう言うと、松姫の切れ長の目に煙るような表情が載る。久しく見せなかった笑顔。それが笑顔であることを楓のような近しい者しか知らない。

「笑いごとではありません。義姉上は私の兄上の室、織田勘九郎信忠の正室ですぞ。離れているとはいえ、このことをお忘れにならないように」

「形だけの織田との婚儀、顔を合わせたこともない夫婦です。武田と織田とが離れてしまった今、上杉様が和睦の証しを望まれるなら、望まれるままに嫁すが女の幸せ——」

「何を言われます。上杉様は松姫様の美しさを聞き及んで望まれたのです。織田の嗣子が望んでも手に入らなかった希品と見て、織田へのあてつけで義姉上を望んでいるのです」

「――嫁するが女の幸せ、そう言われて方々から説得されました。が、断りました」

もう一度、煙る顔を見せた。

「上杉様には妹の菊が嫁すことになるでしょう。私は勘九郎様の室です。勘九郎様が正室を迎えたという話も聞きませんし、それは今も変わりませぬ」

「そうでしたか……。そうだと思いました。そうと思いましたが、余りにも決まったような物言いを耳にしたものですから、つい――」

「つい、私を疑った？」

「疑ってなどおりません。ただ――」

「ただ？」

「ただ、松様のお顔を見る口実にしたのです」

「まあ！」と今度は誰にでも分かる笑顔になる。

「お口もお上手になりましたこと」

しめやかな笑いが女たちからこぼれ、波紋のように広がっていく。

松姫は源三郎と不思議な縁で結ばれている。

松姫は武田信玄の娘として生まれ、武田織田同盟の強化のため信長の嫡子勘九郎信忠と婚儀が整った。十一才の花婿と七才の花嫁である。

当時の信長は信玄に対して和議和睦の姿勢を徹底していた。信玄の四男、諏訪勝頼の正室に自身の養女を入れていたが、それが病没すると信玄の娘松姫の織田家への輿入れを願い出た。正室とは言え武田家から人質を差し出すようなもの。武田の納得からは遠い。そこは談判上手の織田である。「松姫様はまだお小さい。まずは婚儀を祝い、松姫様は武田家でお預かりいただきたい。これは当家から質を入れるも同様でござる」との口上が添えられていた。

両家とも実質的には何も変わらない。が、同盟の強化にはなる。これには武田も否とは言えない。婚約が成ると、織田から豪勢な婚礼道具が次から次へと運び込まれてきた。物品ばかりか松姫養育係の侍女も送られてくる。ここに及んで信玄は松姫のために新館を建て、姫を住まわせ「織田嫡子の正室を預かる」とした。

新館(にいたち)御料人である。

この新館、実質的には織田の飛び地のようになり、その華やかさは東の山里に西国の華美が舞い降りたようであった。

事実、館からは京の物品や唐南蛮の珍しい品々が溢れ出てくるので、それを目当ての商い人も行き来するようになる。そしてそれらを身に付けた姫が折々の行事を織田家名代として催すのだ。天女のような姫。輝くまでの美しさは国境を越えて他国にまで噂された。人々は姫の姿を観音菩薩に重ね、ひと目見ようと新館の近くに屯するようになり、新館近隣はますます華やぎ浮き立っていった。

しかしその華やぎも天正元年の和親消滅により、潮が引くように消えていく。出入りしていた商人たちは消え、姦しく鳴り騒いでいた織田の女たちも二人、三人と帰っていき、今はひとり楓だけが残っている。造りばかりが豪華な館。その中で息を潜めて暮らしていた。

そんな時に源三郎が躑躅ヶ崎の館へやって来たのだ。

織田信長の息子である。

期せずして手に入れた織田の人質だが、攻め落とした岩村遠山家の養子を武田家が預かるという形となった。

武田預かりの織田者が二人。松姫と源三郎。

源三郎はよく新館へ来て女たちと遊んだ。松姫の前に居る時だけが本来の子供に戻れるようで、そんな源三郎が不憫で姫も抱き寄せては甘やかせ、自身も甘えた。松姫も楓も競って相手をし、源三郎の声がする時だけ新館の時が進む。

その声に甘えだけではないものが芽生える頃になると、武田勝頼を諱親として元服し新館から離れていった。

そして今、松は十八、源三郎は十六。

天正六年（一五七八年）の初秋。織田は京周辺を固め、広大な封土を更に拡大しつつある。危機感を募らせた武田勝頼は越後上杉景勝、そして佐竹氏との連携を模索していた。織田徳川連合に対する防衛線である。今回の菊と景勝の婚儀も上杉との和親の証しとして画策されていた。

楓が廊下で控えている。

源三郎は名残り惜しそうに部屋を出るところだった。久し振りに館を見たいという源三郎を連れて、庭を眺めながら外廊下を回り玄関まで送るつもりだ。部屋を出るのを待って前へと立つ。

楓は源三郎の視線を背中に受けて、何やら落ち着かない。

――いつの間にこんなに背が伸びたのかしら。男の臭いまで漂わせて。

年上の楓はよく源三郎を叱った。

楓は松姫より三つ上、源三郎より五つ年上である。甘やかしてばかりの松姫だから源三郎はやりたい放題になる。誰かが止めねばならないが、それが楓の役目となった。追えば逃げ、叱れば言い返してくる。しかし源三郎がいくら暴れても容易く取り押さえて、

「織田のお殿様がこのようなことで如何いたします。源三郎様は天下に名を轟かす織田の男子なのですぞ」そう叱った。

松姫の前では大人しい源三郎も楓が相手だといたずら盛りの子供に戻る。同朋の男児たちには気兼ねがあるが、楓に対しては好きに暴れた。いくら暴れても大丈夫、それほど楓の技量は勝っていて、子犬のようにまとわり付く源三郎を軽くあしらった。それでも楓には唯一の弱点がある。源三郎は遊びの中でそれに気付いた。

驚き癖があるのだ。ちょっとしたことでひどく驚く。驚くだけでなく体が反応して手足が動く。忍び者の習性なのだが、源三郎には猫のように体を動かす楓が面白く、よく隠れから飛び出しては楓を跳ねさせた。楓も驚いた振りをして、それから叱った。叱るのが楽しみでもあった。

源三郎にとって姫が姉なら、楓は兄であり母である。

その二人が陰の射す外廊下を歩いている。

午後も遅くの館にはそここに暗がりが生まれ、楓の足も濃い影を踏んでいた。横に見る庭はすでに陰に沈み、枯れた茎穂だけが風に揺れている。鳥の声もなく、館には人の気配もない。侘しさの漂う館を二人は歩いていく。

「楓、元気にしているか？」

唐突に源三郎の声がした。前を向いたまま頭を下げる。

「今でも驚いて飛び跳ねるのか？」

館にはそぐわない声で源三郎が戯言(ざれごと)を口にした。

「あのような、あのようなことをするのは源三郎様だけでございます」

「懐かしいなぁ。楓にはよく叱られた。お前の声は小さいのによく通る。大声で叱られているようであったな」

「申し訳ございませんでした。今思えば恥ずかしいかぎりでございます」

振り向かずに頭を下げ、そのまま歩き出そうとした。館を覆う寂寥の中へ入っていこうとする。

その時、源三郎の手が両脇に入ってきた。

昔のいたずらだ。

思うより先に体が反応し、若鮎のように跳ね、振り向きながら源三郎に抱き付いた。忍びの体術だが源三郎の関節を締めるわけにもいかず、すぐに離れようとしたが、そのまま抱きすくめられた。魚のように暴れたが、男の力に抑えられいつしか黙って抱かれていた。

思いの外、起伏に富んだ柔らかな体、それが意外だったのか、源三郎の男の先に火が灯る。抱かれたままの楓もそれが分かった。見上げると源三郎の目が泳ぎ、腕が緩む。その機に擦り抜けた。

――源三郎様は女を知っている。

楓にはそれが分かった。若い近習たちは競って男も女も経験していくものだ。

目を上げて源三郎を見詰めた。小暗がりの中で双眸（そうぼう）が光る。いつもは松姫を真似て伏し目勝ちにしているが、今は生の自分を出した。小さく尖った鼻、ぷっくりとした唇。美人とは言わないが男好きのする顔。その顔で猫のように見詰めた。

源三郎は姿勢を改め、

「驚かせて済まぬ」そして言葉を継いだ。

「呼び止めようとしたんだ。実は、実は楓に頼みがある。松様のことだ。松姫様のことで話がある」

目線を据えたまま源三郎の意図を探る。

――言い訳をしようとしているのか、それとも織田家の話か、それとも私のこと？　なんにしてもここでは館の者の目がある。

開こうとする源三郎の口を指で止め、左右に目を配り〝こちらへ〟と小部屋の戸を引いた。

「此度（こたび）は菊姫様が居られたからいいようなものだが、いつまでも断れるとも思えぬ」

楓の前に座を占め、源三郎は喋り続けている。

「もし勘九郎兄上がどこぞの国から正室を迎えたなら、義姉上様も断る理由が無くなる。今回のような他国ばかりではない。両属の外様国衆のつなぎ止めも必要だ。織田と国境を持つ木曽様、最近目覚ましい働きをしている真田様や東の小山田様、徳川と接する穴山様にも鎹(かすがい)は必要となる」

楓は目を落としたまま動かない。

この部屋は道具置き場となっていて、長持や道具箱が積み上げてある。日も入らず、長らく使っていないためか湿ったほこりの臭いがした。

楓は顔を下げて源三郎の話を聞いている。聞いている振りをしていた。

膝が付くほど近くに座り、源三郎の声、というより息を間近に受けていると、わなわなと体の奥が沸き立ってくる。そこに抱きすくめられた感触が加わり、思い出しただけで全身から汗が噴き出た。

〝女の匂い〟、忍び者の楓は自分の匂いに気付くと、なんとか汗を止めようと源三郎の話に気を集めていた。

「国を接する織田家とは昔は和議を結んでいたのだ。いつまた共存のための申し出があるやもしれぬ。そのときのために私が、そして松姫様が居るのでは――」

声が頭ばかりでなく体の奥に染み込んでくる。楓はゆっくりと息を整え、身を固くした。

話に区切りがつくと、目を落としたまま言葉を揃える。

「源三郎様はこのようなお話、他所でもされるのですか？」

「そのようなことはしない。御役目で知り得たことは顔色にも出さない。近習の心得だ。これは松様に関わること故、特に楓に話している」

「お顔には出ているような……」楓の肩が少し揺れた。

「それで、私への頼みとは何でしょう？」

　楓の言葉には子供の頃のあしらいがある。

「そのことを今から言う。このような娶せ（めあわせ）がこれからも起こるということだ。もし、そのような気配があれば私に知らせてほしい」

「お知りになった源三郎様は何を為さります？」

「当然止めるよう働き掛ける」

「どのように？」

「義姉上様は織田家当主、勘九郎兄上のご正室である。それを軽く見て婚儀を行えば、両家に禍根を残すことになる。そのようなことを――」

「武王丸様に、ですか、御屋形様に、ですか？」

　楓の繰り出す言葉の筋に、源三郎はひと息吐いて言葉を溜めた。

　信玄の遺言で武田家家督は孫の武王丸が継いだ。武王丸は勝頼の嗣子であり、勝頼は武王丸が成人するまでの家督代行、武田家の陣代となった。

　勝頼の名には武田家本家の通字である〝信〟の字がない。あるのは諏訪家通字の〝頼〟だけだ。

　諱に信の字がない。

　このこと、武田に連なる者にとっては重大だ。〝言霊としては武田本家ではない〟とか〝現世では武田でも、霊魂は武田本家には入れない〟と言われる類のもの。御一門が幅を利かす武田家では通字や血統は重要で、勝頼という名が出るたびについ目配せし合ってしまう、そういう意味を持っていた。

御一門と国衆の集まりである武田領では、勝頼の支配はどうしても暫定的なものと見られてしまい、家臣の求心力を保つことは並大抵ではないが、その地歩を勝頼は築きつつある。御一門を遠ざけ国衆を使い、能吏を集めて武田家の実効支配を続けていた。

源三郎は勝頼の元で育てられ、今は武王丸に仕えている。武王丸にも勝頼にも繋がりがある。

「両方に、だ。両殿へ同じようにお話をする。差異があってはならない」

「良いお心掛けです」

褒められて少し胸を張った。

「しかし松姫様のことはお話をされないほうがよろしいかと……」

「何を言う。ここ武田の地では織田家の者は私たち二人だけ。私が言わなくて誰が松様を守れるのだ。それに——」と、更に胸を張る。

「これは武田家のためである」

「織田家のため、と勘ぐられてしまうから話さない方がいいのです」

そして間を置かずに言葉を重ねた。

「出過ぎたことを口にしますが、お許しくださいませ」

そう言って更に頭を下げ、下げたまま言葉を並べる。

「源三郎様のお立場は微妙でございます。両殿様からの信任も厚く、それ故、武田家家臣としてお仕えされていらっしゃいます」

ひと息付いて、目だけを上げ、

「が、他方では〝質〟という面もございます。源三郎様が武田の名を口にすると人に疑念が生まれます。〝武田のためではなく、織田のためではないのか〟と。いえいえ、そのようなこと、無いとは分かっております。が、今は無くとも疑念は育つもの。ここはご自身の安堵だけをお考えいただきとうございます。それに……」と顔を上げた。

「武田家のためと言うより、源三郎様ご自身のご心情ではございませんか？　松姫様のお呼び掛けが、義姉上様から松様に変わっております」

源三郎の顔が見る間に火照った。

「なっ、なにを——」

〝シッ〟と口に指を立てて外の様子を窺う。

「この館には武田の間者が入っています。おそらく源三郎様の近くにも。織田からの密書なり、繋ぎなりを気にしているのでしょう。そのようなお顔を為さいますな。大名家では当たり前のこと。繋ぎなど無くて当たり前。無かったからこそ源三郎様はご信任が厚いのです。このように新館に来られるのも、これが最後と為さいませ」

「それでは義姉上を忘れろと言うのか」

「そうは申しません。申しませんが、充分にお気を付けねばなりませぬ」

楓は板戸の外に目を向ける。向けたまま動かない。しばらくそのままにしていたが、ゆっくりと向き直ると更に声を落とした。

「源三郎様から私に会いたいとの文を下さいませ」

「お前に？」

「男女の逢瀬でございます」

　そして、落としていた目を上げ、

「源三郎様は、ご同輩に〝昔馴染んだ新館の侍女と縁りを戻した〟と、それとなくお伝え願います。お酒の席などでつい口を滑らせたように、です。お分かりいただけますか？」

「その密会の場で近況を伝え合うのだな」

　楓の大きな目がこくりと頷く。

「あのお小さかった御坊丸様が織田を口にされるようになられたのですね。楓は嬉しゅうございます」そう言うと表情を改め、

「先ほど源三郎様は織田者が二人だけとおっしゃいましたが、楓も入れていただきとうございます」

そして源三郎を正面から見詰めた。緊張した源三郎の顔が小さく頷く。

　楓はその顔に幼かった御坊丸を見出して、思わず触れたくなった。しかし今は部屋の外が気になる。武田から配された者は二人が部屋に入ったことに気付いただろう。

〝ご無礼いたします〟と口の中で呟くと、膝立ちして源三郎の手を自分の小袖の襟口に差し入れ、源三郎の驚きが言葉になる前に、手を乳房に添えさせた。

　乳首が硬く突き立てる。と、源三郎の手が乳房を確かめるように動いていく。松姫を真似た煙る表情で源三郎の目を捕え、そのまま見詰め合う。それも一瞬。

　楓は表情を残したまま後ろに跳び退くと、わざと音を立てて戸を開けた。

「楓！」

声に小さく頷くと、足音を残して部屋を出た。出るとともに遠くの人影が消えていく。

気付かぬ振りをして襟元を直してから膝を付き、廊下で控える。源三郎の足が部屋を出るのを待って、玄関へと導いていく。もう顔を上げない。気配が三和土(たたき)に降り、玄関を出ていくまで目を落としたままでいた。気配が門の外へ消えていく。


「平左は帰ったか？」

楓は顔を上げ、源三郎の背を見送ってから隅に控える下女へ声を掛けた。

「いえ、楓様のご用向きが終わるまで待っていると言われて。今はお庭を見ています」

平左は新館の作事者。新館が華やかだった頃から出入りしていて織田からの荷駄を扱っていたが、織田との誼(よしみ)が途絶えてからは館の大工手配など細々した雑作、作事を請け負っている。

女ばかりの新館では男手が足りない。

形ばかりとはいえ織田家正室の館であり、若い男を置くわけにはいかず、年寄りの小者だけでは何かと手に余ることが多い。そこで平左が重宝がられ、女たちに使われていた。平左もこまめに顔を出しては目に付いた作事修繕などを行っている。

貧相な中年男。所作に男を感じさせるものはなく、女たちも心を許して言いたいことを言っている。今日も挨拶に寄ったところをそのまま庭の手入れなど頼んだようだ。

「呼んで来ましょうか？」

「よい。私が行ってみよう」と、庭に通じる土間へ降りていった。

楓は垣根門を通って庭へ入っていく。

山水を模した庭は遠く甲斐の山を借景に、池に松を配した堂々たるもの。しかし池は水がなく石には泥が溜まっている。夏草は茎を立て、撃ちこまれた矢のようにそこここで立ち枯れていた。

平左は蹲（つくばい）の横で雑草を引いている。

後ろに立っても手を休めずに、鎌を使って枯れた夏草を束ねていた。しばらく背中を見ていると、

「源三郎様がお見えでしたな」と、手を休めずに言葉だけが楓に向いた。

「見ていたのか？」

平左の背を睨む。

「いえ、聞いておっただけで覗いてはいません。見ときゃあよかった」

そう言って、初めて顔を上げてニヤリと笑った。

どこにでもいる中年、いや老年に近い。小柄な背を丸め無精髭が伸びている。のっぺりとした顔は特徴がなく、目を外せば忘れてしまう。何の印象も残らない。これが忍び者の特徴でもある。印象と言えば、笑った口元の歯が数本抜けているくらいか。

「遠くで女中が部屋を窺っておりましたぞ。楓様が気付かれたのはその者の気配でしょう」

――平左はその女中を見張っていたのか。

楓はこの忍び者の後ろ姿を改めて目でなぞっていく。

薄(すすき)の穂のような頭の上に律儀に乗せた折烏帽子。色は褪せ、かなりくたびれている。麻の小袖袴を着ているが、こちらも洗いざらしで元の色が分からない。衣の袖から日に焼けた腕を覗かせ、その腕が枯草をぐいと引く。

この男、楓に付けられた唯一の下忍。楓の繋ぎ、連絡係として配されたますでに十年が過ぎている。

「お勤めのために繋ぎをつくったのだ。躑躅ヶ崎館の様子も聞き出せるし、伊賀の頭目様へも知らせが増えるというもの」

平左からは何の応えもない。下を向いたまま動かない。

楓には平左の気掛かりが分かっていた。

「伊賀からの繋ぎはないのか？」

平左は頭を振ると丸い背中を小さくした。

「もう半年近く連絡がないのじゃ。今までこのようなことはなかった」

「考えても仕方ないだろう。繋ぎ下忍がそのようなことを思い悩んでも仕方あるまい」

「仕方ない？　よう言うわ。わしはもう五十を過ぎたのじゃぞ。五十になれば伊賀で隠居ができる。それを申し出たのに。……そのままなしの礫じゃ」

「口が過ぎる、わきまえろ、平左」

言葉に似ず口調が緩んでしまう。長年二人で過ごしてきた忍び者同士、あまり強くは言えない。

伊賀の忍びは上忍、中忍、下忍と別れている。上忍の下に中忍が配され、その下働きとして下忍が控える。上忍は伊賀郷士名家、中忍は名家に連なる各家の者たちで上忍が請け負ってきた仕事を実質差配する。下忍はその使われ者。

伊賀と言っても山里の百姓と同じ。百姓家には小作人や奴隷のような者たちが居るが、下忍もそういう類の者どもだ。子供奴隷を買い取って、技を覚えさせて使い捨ての忍び者にする。〝草〟と言われる者たちで、刈っても刈っても生えてくる。長い戦乱が各国領主からの忍び依頼を呼び、占領地での奴隷売買が人値を下げる。依頼が増えて下忍奴隷がいくらでも手に入るとなれば、忍び家業にも旨味が出る。

女下忍は女としての使い道がある。人売りの中から見栄えの良い童女を選び、侍家の行儀見習いをさせて侍女として使う。大家に送り込んで諜報調略を行うのだ。これを〝仕込み〟と呼んだ。

楓も頭目の直接の配下となり松姫新館に送り込まれていた。送り込まれた時点で中忍扱いとなり、下忍の平左を配された。楓にとって唯一の配下であり、仕込み仕事の師匠でもある。

楓の仕事は武田家内部の調べ。それがどのように使われるかは知らないが、織田の影目付からの諜報依頼だろう、平左はそう言っていた。楓にとって初めての仕事であり、場数を踏んだ平左には教えてもらうことも多かった。

「こういうときこそ辛抱だ。それが仕込み働きの決まりぞ」

以前、平左から教えられた言葉を口にした。

「よう言われますな。わしが教えた忍びの心得ですぞ。しかし頭目様からこうも連絡が来なければ、忍びの決まりも忘れてしまうわ」

平左は年が五十を過ぎたので隠居株を申し出ていた。当然伊賀への帰還指令が来るものと心待ちにしている。

「五十に近くなると下忍は難しい仕事をするようになる。隠居株が惜しくて捨て駒にされるんじゃ。その点、わしは運を拾うたわ。楓様の配下じゃからな。危ない仕事はひとつもない。楽々と五十を越えることができた。それがまずかったんだろうかのう。とは言っても決まりは決まりじゃ。約束を違えれば下忍仲間の噂になる。頭目様も困ったことになるからのう」

平左は自分の言葉に憤り、声を高くしていった。

忍びとしては至って凡庸。本人もまさか五十になるまで生きているとは思わなかったのだろう。だからこそ、その幸運にしがみ付いている。

楓は年寄りの愚痴に引かれぬようにと話を戻した。

「聞いてのとおり、源三郎様にお逢いすることになる。場所の手配と源三郎様への繋ぎをしろ。久し振りに忍びらしい仕事だぞ」

「男女が逢うなら逢引き宿でございますな。へへへっ、こりゃ見物だ」

平左はにやけた顔を楓に向けた。

「見なくていい。外で見張れ」

「ついに楓様が女術を使われる。見栄えの良さでこのお役目に付かれたのですからこういうことがあるのでは、と心待ちにしておりました」

楓は平左の言葉を苦く聞いた。

松姫の近くに仕えれば誰でも女としての自信を失う。あの器量、それを押し隠そうとして零れ落ちる艶やかさ。それに比べれば自分なぞ、そう思わせる圧倒的な美しさがあった。

「源三郎様は松様に憧れておいでだ。私なぞには目もくれぬわ」

平左は驚き顔をしてから考え込む。

「そうかのぉ。わしは楓様が一番と思うが」と呟くがすぐに声を改めて、

「人それぞれじゃ。まずは良い貸間を探しておきましょう。さて、忙しくなる」と立ち上がって大げさに頭を下げた。

遠くから見れば平左が挨拶をしているように映るだろう。顔を上げると庭の手入れ話を始めた。顔も口調もいつもの出入りの作事者に戻し、声を上げて笑った。

〝近くに口を読んでいる者が居る〟

笑いがそう言っている。平左が屈んでいたのは、楓を下に向かせて口を読ませないためだったのだ。

楓が頷くと、

「庭の手入れには、二、三の人足を入れることになりますが、よろしいでしょうか？」と頷きに別の意味を持たせる。

「身元の確かな者ならばよい」

「それは大丈夫で。諏訪神人(じにん)の山人ですからな」

神人とは社頭や祭祀の下働き、警護者を意味していたが、今は商工や芸能の座も結んでいる。平左も諏訪神人の座株を持っていて、品物の取り寄せなど小商いを行っていた。怪しまれずに諸国を行き

来できるため、忍びの繋ぎ役としては重宝な座と言える。武田勝頼が諏訪大祝(おおほうり)の血を引く者であり、甲府では諏訪神人は優遇されていた。

「諏訪の神人にはいろんな座がありますので面白うございます。おお、そうだ。今度巫女(みこ)舞いをお見せいたしましょう。諏訪の巫女舞いでございます。お姫様のお慰めにどうでしょうか？」

「平左はそのようなことまでやっておるのか」

楓は老忍に改めて目を向け、本気か、と目で問う。

「へっへへ。巫女の座とも誼ができまして……、いやいや、世間で言うようないかがわしいものではございません。由緒正しい舞いでございます。舞だけでございますよ」

「分かりました。考えておきましょう。それでは庭のことはよろしく頼みます」

それだけ言うと平左と別れて館へ向かった。

土間には戻らず庭向きの縁側から館に上がることにする。普段はしないこと。間者が隠れていればなにかしらの動きがあるはず、と気配を探った。

秋の日は傾き、館に射す影を深くしている。その影を一つひとつ探っていく。しかし人の気配はどこにもなかった。

二

天正七年（一五七九年）、安土城。

天守御殿、控えの間に、男が二人座っている。

織田勘九郎信忠と、その重臣河尻秀隆である。

二人は信長の呼び出しを待っていた。遠くに紅葉を望む部屋ですでに一刻は座っている。

部屋の欅柱は新材の香りを漂わせ、敷き詰めた青畳は庭の光に照らされて杉板の天井を明るくさせている。

勘九郎は白帯の直垂姿、藍で染め上げた生絹には小さく紋を散らしている。胸紐や菊綴結の組紐には緋糸が混じる。綺麗に結った頭に侍烏帽子、烏帽子紐が若い頬を柔らかに押さえている。

横に控える河尻は渋茶の素襖に家紋を染め抜いた大紋姿である。二人とも足袋を脱いで胡坐に座り、正面の襖絵を見る格好になっていた。

襖絵は薄墨の水墨画、漢画である。人が山水を旅して庵に遊び仙気を得る、という作りになっていて、山上の庵に至る岩稜が荒々しいがそれ以外は柔らかく小雨に煙る風情。

河尻は、この岩が上様で仙人が我ら、上様の意に沿うような対応をしろ、との意ではないかと言っているが、勘九郎はそうは思わない。

――これはただの漢画だ。

周りの者は何かと上様の考えを推し量ろうとするが、勘九郎から見ればそれほど複雑ではない。ただ素直でないだけ。それが人嫌いに映る。

今日も上様に会うのは勘九郎ひとりだろう。

何かあれば河尻を呼ぶことになるがそれは避けたい。曲がり出した臍は余人を入れると更に曲がる。できる限り勘九郎だけで相手をする。何の話が出るのか、それが勘九郎主従の気を揉む事柄だ。

治めている岐阜領国の話か。各地での織田方の戦況についてか。強国の動向、上杉、武田、毛利の動きか。はたまた公家衆の慰撫や寄進、茶道具の話か。

それらについては逐一河尻から報告を受けていて、その動向と対応は入念に打ち合わせてある。特に上様は〝この先どうなるか〟を重んじる。そのためには事象の原因や本質を掴まなければならない。

横に控える河尻は想定問答について確認している。登城前に何度も教えられた事柄ではあるが、勘九郎は何も言わずに聞いていた。河尻も落ち着かないのだろう、教えた事柄に遺漏はないかと自分自身でなぞっている。

「やはり武田が持ち掛けている和親、甲江和与の件でしょうか？　それとも各地の戦況のことか？以前のような羽柴様への与力はないと思いますが……」

羽柴秀吉とは戦をともにしたことがある。

「うむ。美濃は武田への抑えの地、しかしその武田も織田に攻め込む動きはない。となれば我らを遊ばせておくことはないだろう。しかしな。以前の羽柴殿への与力は上様にお考えがあってのこと。私はそう思っている」

それは何か、それ以上続けない。話せば話が横に逸れる。河尻も敢えて聞かずに話を戻した。

「それでは徳川様のこととか？　信康様の件でのご指示やもしれませぬ」

「案外、安土城を見せたかっただけかもしれぬ。来るたびに城周りの普請が広がるなぁ」

そう言って庭の外に目を向け、遠い槌音を聞いた。

信長は近江南端に坂本城、対岸に長浜城、続けて西岸に大溝城を築城させ、その対岸に壮麗な城、安土城を建てた。戦いの城というより威容を示す城である。四城を線で結ぶと正確なひし形となり、これについては方々から噂されていた。

満を持して着手した巨大な城。突き出た岩稜の上に、五層七階の壮麗な城を築いた。懐には内海のような湾を持ち、守りにも交通にも都合が良い。誰もが見上げる城となった。

ここ近江の地は天地が広くどこからでも眺めることができ、また天守からはどこまでも望むことができる。

——父上は岐阜城で京を夢見たと言っていた。それではここで何を夢想するのか。

勘九郎の思念は河尻の声で途切れた。

「安土城はここ江州を抑える城。本丸は清涼殿を模した館を付けるとの話も出ているとか。天子様をお迎えして都を移すのではないかと噂する者も居ります。もしや、その件かもしれませぬぞ」

「公家衆も連れてか。それならもっと先の話だ」

「そのような落ち着きではいけませぬ。もっと驚くのです。驚いて手を打って感服する、上様にはそれが必要ですぞ」

「何に感服する？　上様は私のそこを見ようとするだろう」

河尻の目が据わる。

「そのような顔をするな。大丈夫だ、河尻。すぐに三つや四つ、上様の気に入る応えはできる」

河尻がゆっくりと頭を下げた。

下げた頭を目の端に納めてから格子窓の先、紅葉へ目を戻した。香り立つ新材の建屋に緑を残す葉が鮮やかに映る。最近の勘九郎は信長を恐れるよりは楽しむ余裕が生まれていた。

父であり、織田一統の主であり、織田家臣団の総帥であり、上様である。この上様という呼称が勘九郎にはよく分からない。

普通なら御屋形様だが、室町臭のする屋形号など使いはしない。それでは大殿か。しかし隠居のようで画期を狙う上様にとっては凡庸に映るだろう。勘九郎はいつもの癖で父の考えを追い出した。

——織田の家督を譲っても俺はお前の上だ、と言っているのか。公方様の上と言っているのか。それとも天子様を下に見る者になろうとしているのか。先ほどの清涼殿の話が気になる。このことは心に留めておこう。話の中から探れるかもしれない。

勘九郎は織田家を継いでから、上様である父と話す機会が多くなった。時には暇つぶしの相手もさせられる。

父上は最近、暇を囲っている。その囲いの中に勘九郎も入れるようだ。勘九郎から見れば今が暇と言うより、これまでが忙し過ぎた。

永禄十一年（一五六八年）、京に登ってからというもの、戦に次ぐ戦、勝てばその統治に走り回り、治まる前に次の戦が始まる。持ち駒をやり繰りして敵の虎口を脱した今、やっと出口が見えてきている。

勘九郎は父の半生を思った。

弟を殺し、母を仏門に追いやり家をまとめた。裏切った家臣を赦し親族を恫喝して家門の長となり、隣国を犯して美濃を手に入れ、それを元手に博打を打った。何度も裏目は出たが、大負けはせずにその賭場からも抜け出したところ。

――思えば、上様はいつも手持ちすべてで勝負を張っている。そうやって階段を駆け上がってきた。よく転ばなかったと感心するが、今は階段の踊り場でひと息入れて周りを眺めているところか。

以前それを聞いたことがある。

「眺めか？　存外つまらぬ風景だ。後は人に国を預けて治めさせる。お前に尾張美濃を預けたように。その後は、武田、上杉、毛利などの離れている浮島を手繰り寄せるだけ。誰でもできることだ」

これを〝暇〟と呼ぶのだろう。父上は簡単に言うが、勘九郎には多くの問題が見えていた。

まずは浮浪民と侍崩れの牢人。野盗と言ってもいい。

今は城普請や人売買で目をくらませているが、早晩そんなことでは納まらなくなるだろう。

すべての原因は米。以前は寺社の裏書証文で米も大掛かりな商いができていた。それが今は領国だけ。米を領外へ出させないようにして、物は米に替えてやり取りする。戦の兵粮米を貯め込む仕組み、それが楽市楽座のカラクリと言える。そして米を求めて人々が集まる。

――米は重いし嵩張る。第一、年も経れば食えなくなる。

若い勘九郎には信長とは違う景色が見えていた。

摺り足の音が廊下を渡ってくる。上様小姓の足音だ。

勘九郎が居住まいを正し、河尻は緊張して固くなる。その間に小姓が音もなく控えて信長の招きを告げた。

型通りの挨拶を遮って信長が尋ねてくる。

「聞き及んでいるか？」

通された場所は上様の私室。

勘九郎は目だけを上げ、脇息にもたれる姿を目に納めた。崩れた胡坐をかき、紺の足袋が袴の端から覗く。瓜実顔の細面、女顔の気弱さを大きな鼻と整えた髭が打ち消して、どこから見ても殿様顔。紫黒の小袖に少し色を変えた細身の小袴、ぼかしの入った生絹には細かな模様が散っている。この小袖、光の向きや姿勢によって少しずつ色が変わり、落ち着いた色なのに特別な華やぎが生まれる。見惚れるような斬新さだ。特に細身の小袴は若さと腰の軽さを示している。庶民の小袴を粋に着こなすことが父上の若い頃からの好みだ。

このように見ることができたのは私室に通されたから。謁見の広間ではこうはいかない。そして私室の畳間に通されたことで話の内容は大方予想が付いた。

「武田からの和与の申し出があったとか――」

「それよ。佐竹を通して持ってきた」

言うと、勘九郎に向かって書状を投げる。投げた後に扇子で指し示した。

「武田は佐竹氏と和与を結んだからな。これが目的だったかもしれぬ。佐竹を取次に使いよった。読んだか？」

〝ハッ〟と、書状に目を落としたまま返事を返した。が、目はもう一度文面をなぞる。

「匂わす程度で詳しいことは何も書いてないわ」

〝ハッ〟と、今度は同意の返事を返す。

　勘九郎は声色ひとつで言葉を使い分ける。これは羽柴秀吉から学んだこと。信長は驚くほど声色に敏感で、時には話す内容より声色で物事を判断する。勘九郎は気を入れて声を出していた。

「どう思う？」と、初めて勘九郎へ目を向ける。

　勘九郎の顔は父親に似て公家顔だが、目に少し張りがある。これが意志の強さを思わせ、時として武者面にも変わる。将器を思わせる、その顔に織田家の当主という重みを載せたのが信長だ。そしてその重みを事あるごとに量ろうとする。勘九郎はいつものように秤に乗った。

「武田との和与は難しいでしょう。石山本願寺が収まりつつある今、利することは少ないかと」

　落ち着いた声に自信を表す。事前に情報を仕入れ家臣衆とも相談していた。更に問い質されれば、和与の損得をいくらでも連ねることができる。それを用意して次の言葉を待った。

　上様は言葉の重みを確かめるように、小さく何度か頷いた。口が動こうとしないのが分かると目だけを上げて、

「ただ……」と、表情を読むように言葉を継いだ。

「武田には上様のお子、御坊丸が居ります。織田家の男子、できればこれを取り返しとうございます」

　目が勘九郎に向く。腹の底まで覗き込んでくる。この視線は〝上様睨み〟と言い家臣に恐れられて

いた。大概の者は言葉を継いで要らぬことを喋ってしまう。勘九郎はこの沈黙に耐えた。扇子を開け閉めする音だけがゆっくりと響いている。

〝上様に喋らせるのです〟

秀吉が言うように、声が聞こえるまでそのままの姿勢で待った。

「武田と談判するのか？」

ほっと息を吐き、

「信濃甲斐へと攻め込むにはまだ早うございます。それまでの時が必要。それにはちょうどいい談判となりましょう」とひと息に話す。

信長は話を聞きながら顔を横に向けた。扇子の音を立てながら横を向いて大きな鼻を見せている。機嫌のいい表れだ。内心ほくそ笑み、更に言葉を継いだ。

「武田との戦では御坊丸がどのように扱われるか、それが心配です。兄の私が助けてやりとうございます」

父上は織田家を重んじる。その反動で家臣を物のように扱うのだ。そして同腹の弟を殺したことがわだかまりになっているのか、親子兄弟の情に殊の外弱い。これも秀吉の教えだ。

「勘九郎、よう言った」

声が高く鳴った。

「和与交渉はそちに任せる。美濃と接する武田の先方衆と取次しておれば、後の調略も容易になる。それに――」と、勘九郎の目を覗く。

「これは織田家のことでもある。家のことは当主であるお前の裁量だ。そのように扱え」

織田家扱いであって上様の預かり知らぬこと、勘九郎の一存で決めたことなら上様はいつでも破ることができる――そう言っている。

深く頭を下げ、三度目の〝ハッ〟を畳に落とした。

そのままの姿勢で次の言葉を待つ。型通りに納まった平伏姿、それが父上の最も好む姿だ。次の話は何か、と身構えた。

「そう言えば……」

高い声が降ってくる。まだ機嫌が良いようだと構えを緩めた。

「武田にはお前の室が居たな。何と言ったか――」

「松姫にございます」

「そうだ。思い出した。かぐや姫もかくや、確か取次がそう言っていたな。その姫はどうする？」

「奪いとう存じます」と、間髪入れずに応えを返す。

〝ほう〟と目が自分に戻るのを感じながら、勘九郎は言葉を足した。

「調べでは、松姫は織田の室として武田で人質の扱いを受けているとのこと。それならば織田も身内として扱うがよろしいかと」

「お主が未だに正室を迎えないのもその所為か？　帰蝶……お濃も心配しておったぞ」

父は母上の名を口にする時、必ず言い淀む。そして義母である帰蝶姫と勘九郎が睦まじいことに、妬みのような視線を送る。親子の話になったところで顔を上げた。

「子ならいくらでも作ります。正室など居なくても何の不都合もございません」

「ふむ。それはそうだが……。それなら武田の姫など気にせんでもよかろうに」

勘九郎は顔をほころばせ、いつもの笑顔を向ける。誰にでも好かれる顔。信長もつい目の端が緩んだ。それを見てから顔を改め、ぽつりと言う。

「意地でござる」

目の緩みが消え、再び〝上様睨み〟に張り戻る。キリキリと張る視線の下、勘九郎は目を上げたままで耐えた。

「お主はわしとは違う。わしは壊すが、お前は少しずつ積み上げるたち質の者だ。だから意地などというものにこだわる」

睨みがまだ残っている。勘九郎は気を溜めて声を返した。

「上様のような方は他には居りませぬ。私のように凡庸な者は意地を基に積み上げていくだけ」

信長は声音を吟味するようにしばらく考えていたが、

「何やら分からぬが、それも含めて織田家のこと。当主から離れたわしにはどうでもいいこと。お前に任せる。好きにせぇ」

怒ったような表情のまま、下がれの合図をした。

控えの間に戻った勘九郎に河尻がにじり寄り、

「如何でございましたか?」と顔を寄せてきた。

その顔に、

「やはり武田との和与の話であった」と頷く。

〝それで？〟と、河尻の目が問う。

「取次は当家の担当となった」

〝おお！〟と、思わず出た声を抑え、

〝これで武田攻めの先鋒になりますな〟〝徳川様はないとは思いましたが、明智様は東美濃の出ですからな。肝を冷やしましたぞ〟と、矢継ぎ早に囁いた。

「当然、当家と思っていましたが、御坊丸様や松姫様の件がどう転ぶかと――」

「それはこちらから言った」と話を引き取った。

河尻の目に、〝ほう〟と〝それで？〟が混じる。

「織田家の扱いとして和与交渉とは切り離す。しかしそれを武田には気付かせずに時を稼ぐ。稼ぎながら調略の足掛かりを築く。まあそんなところだ。そのためには織田の当家が取次をした方が時を稼げる。上様はそうご判断されたと思う」

河尻は目を上げてからゆっくりと口を開いた。

「それはようございました。ございましたが、これよりは重々ご配慮いただきとうございます。先来より申し上げているとおり、上様は武田への裏切りに殊の外厳しゅうございます。岩村城の艶姫様然り、徳川の信康様然り……。いつご勘気に触れるか」

織田一族の艶姫は夫となった武田方の秋山虎繁とともに逆磔になり、徳川信康は母と共に命を落としている。信康事件はつい先日のことだ。河尻はこの辺りの経緯に詳しい。

「御坊丸も松姫も織田を裏切った訳ではない。分かっている。言わずとも河尻の言いたいことは分かっている。いつ裏切りとなるやもしれぬ。そのことは気を付けることにしよう。しかしな、気を付けてばかりでは三七郎のように見切られてしまう。舐められぬようにせねば」

勘九郎の言っているのは兄弟のことだ。勘九郎は長男にも拘らず、弟の三介、三七郎、後の信雄と信孝と三人一緒に元服した。信長らしい実力競争である。勘九郎はその競争に勝ち、織田の家督を譲られた。

「仰せられるとおりでございます。従順だけではいけませぬ。が、三介様のような無謀もいけませぬ。従順であり、舐められぬお人を演じてくださいませ」

「そのような器用ができるかのぉ」

他人事のように言うと、空かさず河尻も言い返す。

「殿はそれができるお方。できぬことをこの河尻が申しはいたしませぬ。できるようにするために補佐するのが私の務めと心得ており——」

いつもの小言が始まった。

——織田家のことは私に任すと言われたが、家族のことを最も気にするのは上様だ。御坊丸、今は源三郎か、源三郎は是が非でも取り戻さなければならない。そして私は松姫だ。松姫をどうするか。

「何か気に掛かることがございますか？」

河尻は勘九郎の表情を探っている。

「松姫様のこと、とか？」

その言葉に頷いた。

「上様はそれも任すと言われた」

「任す。任す……ですか。〝試す〟と呼び換えてもいいのでしょうな。それで何とお返事をされたのですか？」

ひと呼吸置いてから、

「意地がある、と言った。そして、奪う、とも」

河尻の顔が渋くなった。

「女人にご執心は……、聞こえが悪うございます。殿の面目を傷つけるかと」

「捨てれば、男の面目を失う」

「殿はお若い。若い体には男の〝気〟が貯まるもの。私にも覚えがあります。女子が必要ですな。分かりました。女などいくらでも探してまいります」

「そのようなことではない」言ってから、秀吉の言葉を思い出した。

「時には気ままを口にする。特に家族のことはその思いを口にする。そうすれば上様の横鼻を見ることができる。正室を大事に思う気持ちは、義母上を、そして父上を大事にすることに繋がる。そのことに……理由はない」

「上様の横鼻？」

勘九郎は父の畳間を思いだしていた。

——私室に呼んだこと、織田家のこと、源三郎のこと、義母上のこと、そして松姫のこと。この順には意味がある。松姫の扱いこそが父上の知りたいことか。やっと分かってきた。確かに私はひとつずつ積み上げる質のようだ。

河尻が言葉の意図を読もうとして目を見開いている。戦焼けの皺顔に目だけが光る。それを見て勘九郎にいつもの笑顔が載る。

「こうやって見ると、河尻は羽柴殿に似ているな」

「そんなことはございません」と心外そうに顔を撫でた。

「似ている。今日は何度も羽柴殿を思い出す、そう訝(いぶか)っておったが、それは河尻が似ているからなのだ」

「そうですか？　そんなに似ていますか？」とまだ不満そうだ。

勘九郎は笑いながら秀吉を思い出していた。

勘九郎は秀吉と一時、戦線を共にした。そこで多くを学んだ。

攻城戦の仕方、人への接し方、兵站から土木工事の進め方まで、戦場に関わるあらゆることに及んでいる。

兵は戦をしていないときが重要だ、これは何度も言われた。

足軽どもを集めて荷運びや土方作業をさせる。無理してでもそれをさせる。その繰り返しが将の号令で動く兵に仕上げ、ひいては賦役足軽や国人領主に付き従う地侍を主人から引き離す手立てとなる。これに気付いたとき、秀吉の後ろに上様を感じた。旧来の主従の関係を壊す、これが上様の考えなのだろう。

「上様のこれからの仕事は家臣が国に土着しないように、治める土地を替えることになるでしょうな。アシなどは喜んで領地替えを受けようと思います」

土地は侍の根を生やす場所。だから死に物狂いで働く。そう教えられていた勘九郎には衝撃だった。物の見方が大きく変わった。

侍は自分の土地を認めてもらうために戦う。認めるのは公方様。だから公方様を奉る。

しかし土地は煎じ詰めれば米になる。米は市で取引され、領主はそれを兵粮米として囲い込む。すべては米のためだ。米は兵粮米という戦略物資であり、交換できる貨幣であり、物としての信用となった。

――それならば、土地に関わらずに信用だけで侍を従わせることができる。信用は大きければ大きいほどいい。これが天下布武の目的なのか。

秀吉と働くことで新しい考えが芽吹いてきた。

上様への接し方も言葉の端々から学んだ。秀吉に言わせると、上様は家族内のごたごたなどが大好きなのだ。笑って何でもないように言う。

「織田のお家のことは口に出すことです。叱られたら謝ればいい。すぐに謝る。ただそれだけです」

「笑ってから言う。逆はなりませんぞ。言ってから笑うと上様は馬鹿にされたとお思いなさる」

そういう細かいことまで教えられた。

細かいことをひとつずつ積み上げていく。積み上げたものを測ってはその高さを喜ぶ。そのような心根を勘九郎は秀吉と同じく持っていた。二人は馬が合うのだ。

様々なことを尋ね、考え、更に尋ねた。考えを積み上げて少しずつ高くする。あまりに訊くので、

「勘九郎様はアシのような者とは生まれが違います。あまり染まらぬほうがよろしいかと。つまらぬことをするなと上様に叱られないかと、それが心配になりますぞ」

「上様と羽柴殿とは見方が違うのですか？」

「それは、それは大違い。アシのような土方衆とは目の付け所が違いまする。何と言ったらいいのか……。アシの作った建物を一点で壊してしまう。いつも壊し方を考えている。そしてその時が来ると、一点に錐（きり）のように跳び込みます。とても真似のできるものではございませぬ」

「真似上手の羽柴殿でも、ですか？」とのからかいに、

「アシのはただの猿真似。上様から言われたことをするだけ。考えなぞではございませぬ。同じ真似ができるとしたら……明智殿くらいかと」

「明智殿か」

明智光秀は上様から異例の厚遇を受けていた。家臣の扱いが実力主義と言っても、光秀の取り立ては異常に映る。これまでは秀吉が出世の一番頭であり、家臣団から妬み嫉（そね）みを受けていた。それが自分より妬まれる者が出てきたのだ。面白いわけがない。

勘九郎は頷きながら秀吉の顔色を読もうとした。眉をハの字にして、いつもの人好き顔で秀吉が暢気な声を出す。

「明智殿の御才覚は刃のようですなぁ。ああいう御仁は、欠点ばかりに目が行くひねくれ者と世間では煙たがれるのですが、上様とどこか似ているところがあるのでしょう、あのように話が弾むのですから」

話が弾んでいるかどうかは分からないが、軍議の時などいつの間にか二人だけで話をしている。短い単語が行き交い、それがどんどん早くなる。競うように早くなった。

符牒合わせか、連歌の唄い合い、そう揶揄する者も居る。理解できない者の僻みなのだろうが、分からないからこそ、その場の空気を言い当てている。

「あのお二人は気が合うのですね」

「……そうでございますなぁ」

秀吉はそう答えて、言った後に笑った。

その年の秋、武田からの和与の使者大竜寺麟岳(りんがく)が安土城に入った。甲州と江州の和議、甲江和与の申し出である。

しかし信長は会おうとはしない。

〝織田家の家督は信忠に譲った。談判するなら岐阜城に居る信忠とせよ〟とのことである。ひとまずご挨拶だけでも、と言上しても聞き入れない。

岐阜からは、

〝武田からの使者と当家が初見するわけにはいかない。まずは上様にお目通りを願いたい〟と言われ、文のやり取り、関係者の折衝ばかりで何も進まず時が過ぎていった。

その頃、勘九郎は居城である岐阜城で過ごしていた。

城から見る美濃の平野は広大だ。

見渡す限りの田が海のように広がる。田の波は尾張の海から延々と続き、美濃の平野で揺蕩(たゆた)い、小島のような山塊に立つ岐阜城を囲んでいる。横を流れる長良川は渚のように白く輝き、うねうねと田の波に消えていく。天気のいい日は尾張まで見通せる。広い大地を区切るものは遠くに立つ山並みだけ。伊吹山から続く山岳が壁のように立ち並び、稜線を白く延ばしていた。

空は広く、遠く京まで続く。峠を一つ越えれば京の膝元まで行けるのだ。空の広さが人を雄大にさせ夢想を育てる。

ここに立ち、この景色を見た父信長が、京を目指そうと考えたのも理解できる気がする。

この時期は城下が一番に賑わう時でもある。田の刈り取りが済み、俵となった米を祝い、数を数えて運び入れる。男たちは米商いで走り回り、女たちは収穫を祝った後に冬の準備を始める。

若い勘九郎も浮き立つような賑わいに魅かれ、河尻を従えて城下を見回ろうと馬を引き出した。河尻を従えると言っても、河尻を影武者と見立てて自身は従者の馬の中に紛れていた。

まずは楽市から見回る。

四日市、八日市と、市は日を決めて開かれるが、今では日を挟んで数日の間も商いの声が響いていた。商人の泊まる宿屋、食べ物を扱う賄い店から見世物小屋まで建て掛けられて、大きな寺社の門前のような賑わいだ。

長良川の船着場まで来ると、半裸の男たちが米俵を運んでいた。次から次へと積んでいく。俵の山を見ていると腹の中から安堵が膨れ、誰しも何かを祝いたくなる。そんな浮き立つ気分に満ちている。美濃は古くからの米どころであり織田家の米倉だ。ここから運び出された兵粮が各地の戦闘を支えている。

端的に言えば、侍の戦は米の奪い合い、敵地の田んぼを荒らし続けた者が勝つ。その点、織田家はこの戦の無い広い田園があり、兵を養う兵粮米がある。戦の元手であり、戦い続ける体力と言える。

「殿、楽市米はいつものように寺へ運んでおりますが、一部は寺を介さずに直接川衆に運ばせています。それについて寺社から訴えも出ております」

「寺社は市の勧進元と思っているからな。私が会ってもよい」

以前は、寺社の裏書証文で商われる物品をやり取りしていた。寺は物の保管場所であり、証文を発行する両替機能も持っている。実質的には市を運営する勧進元だった。それを領主が奪ったのだ。

今は物品保管だけ、それと証文の代筆程度、それさえも奪われようとしていた。

「殿のお手を煩わせることではございませぬ。吟味方から理（ことわり）を伝えるようにいたしましょう」

「米以外では寺の裏書証文を使ってもかまわぬ。米さえ我らが押さえればどうということはない」

言ってから、長良川を行き交う鳥をぼんやり眺めた。

「どうされました？　寺社の証文が気になりますか？」

河尻は勘九郎の声色を気にしている。

「一向宗門徒を気に掛けてのことであればご心配には及びませぬ。この岐阜でそのような動きはありませんし、そもそも寺社に権益を許せば商いが以前のように気ままになり、ひいては石山寺に兵粮米が入ることになりますぞ」

「考えていたのはそのようなことではない。ただ……」

「ただ、なんでございます？」

「大きな商いをするならそれ相当の座が必要ではないか？　例えば、堺衆は座のようなものを持っている。そして――」

「座がいけないのではありません。その座を寺社が支配しているのが悪い」

河尻が勘九郎の言葉を遮って続けた。

「堺衆も兵粮銭を出しています。寺社も出せばいい。それを、国主が兵粮米なら寺は布施米だ、布施米を出せと言いだす始末。寺院は死んだ後が本領、現世の事情に口出しせぬが古くからの習わしのはず――」と鼻息荒く言い募った。

話しながらも馬の歩を進め、一行は近くの寺に入っていく。広い参道は閑散として馬の蹄が寒空に響いた。

僧侶たちの居る山門の前で馬を下り、住職の挨拶を受ける。お忍びということもあり河尻が前に出たが、勘九郎を見知っている住職は小さくお辞儀を向けてきた。

僧侶たちは客殿に招き入れようとしたが、河尻はそれを断り、

「今日は市預かりの品を確認に来ただけ。いつもの改め」と、横に並ぶ蔵へ案内させた。

そこには雑多な品々が置かれ、奥には米俵が高く積まれている。楽市の取引で預かりとなった品々

だ。

市の縁起は、権勢者が蔵の品を寺社に避難させたことから始まる。厄災が起こると、人は命も物品も神仏に守ってもらう。人々は家財を担いで避難し、そういう時のために寺社は蔵を用意していた。

戦国の世が続き、資産家は持っているが故に押し込みや強殺の危険がある。いつも危険に備えていなければならない。それならば、と寄進してしまう。そしてお布施の裏書を貰い、将来の利得、つまりは裏書を証拠に一部を引き出すことができるようにした。質屋のようなもの。寺社は質屋となり、するとその裏書が手形として門閥寺を流通し門前市の取引に使われるようになった。それが市、そして座の形態となる。

織田領では、神仏に代わって領主が質屋となったのだ。

河尻たちは勘定方から渡された帳簿と米俵を確認していた。楽市楽座を始めてからというもの、織田侍は数字に明るくなければ勤まらない。どうすれば兵粮米を多く集めることができるか、それをいつも考えている。そしてこのような査察を行う。品物の確認である。査察は家臣の緊張を高め、利権の生みやすい市の管理に役立った。

上様も査察が大好きだ。単なる物見とも映るが、たちどころに人の過ちを見つけ、物事の課題を見出す。家臣管理の大本と言える。織田家に下剋上が起きないのは、領主が市の運営に目を光らせるからと言われていた。

「目付のようなもの」

河尻は査察をこう称している。目付は査察の日常化したものだ。

勘九郎には河尻が自分自身を言ったように聞こえた。

河尻は上様から付けられた補佐役で、勘九郎を監視する目付のようなものだ。座の話を遮ったのも、それ以上は言うなの表れ、勘九郎はそう思っている。そして甲江和与が当面の監察事項であり、勘九郎の晴れぬ思案となっている。

河尻の声が響いた。何やら差異を見つけたらしく、改めは長くなりそうだ。勘九郎は境内をひと回りしようと蔵の外へと出ていった。


供回りを連れて足の赴くままにそぞろ歩く。

伽藍は正面に本堂を置き、左右に講堂と僧堂庫裏が建ち並ぶ堂々たるもの。中央側縁に石畳を並べ、間には玉砂利を敷き詰めて、その先には瓦を葺(ふ)いた本堂が大きく裾を広げている。この贅沢な造りは上様の寄進によって建てられたもの。

上様は神仏への寄進や勧進を行う。その反面、寺社の持つ権益を平気で取り上げる。

勘九郎にはそこがよく分からない。神仏への強い憧れがあって、それが僧侶などの現世の生々しい一面を嫌うのか、とも思ったがそれも違う気がする。

——上様の中には帳面があって、その帳尻を合わせているような……。今、河尻たちが行っている改めをして、帳面書きの数を合わせているような、そんな気がする。

物思いに耽りながら、玉砂利を鳴らして堂を繋ぐ石畳に向かった。本堂両側には蘇鉄を配している。

緑の少ない境内にひときわ目立つ生き物だ。荒々しい木肌に濃緑の葉を茂らせ、ところどころ枯れて茶を散らしている。それらが相まって大きな獣を思わせた。

猛々しい植物を眺めていると本堂横からひとりの僧侶が顔を覗かせ、少し躊躇(ちゅうちょ)してから頭を低くして近づいてきた。小柄な上に背を丸め、白衣に墨染めの黒、遠くから見ればすみれ色の毬のよう。

相手が僧とは言え、それが仕事の供回りが前に出る。驚いた僧は言い訳するように、

「ご本尊をお参りしていきませんか」と誘ってくる。

勘九郎がいつもの笑顔で頷くと、僧の口が回り出し、寺の縁起から本尊の由来、仏閣の造作や造りまで並べ立てていく。言われるままに目を向け、頷いたり首を傾げたりした。

本堂は広々と軒を広げ、合わせる落縁も幅広となり風雨で年輪を浮かせている。勘九郎たちは足袋の裏で木肌を確かめながら本堂へ入っていった。

冷気が身を包み、高い天井が音を消す。供回りが辺りに目を配り勘九郎へ頷き返すと、それを合図に僧侶とともに暗い金堂へと向かう。

「ご本尊は厨子にお納めいたしております。いざというときには厨子ごと担いで逃げるのです。以前はよく担いだものですが、織田様の世になってからはそのようなこともなくなりました。普段は扉を閉めてありますので、ただいまお開きいたしましょう」

明るい陽射しに慣れた目には堂内は暗く、気配しか分からない。

導かれるままに僧の隣に座り読経を聞いた。目を上げると、薄暗がりの中に黒々とした闇がある。そこに思念を集めているとほんのり何かが見えてきた。

本尊の目。目だけが闇に浮いている。

息を整え丹田に気を溜めると、火が灯るようにお姿が浮き出てきた。

背筋を伸ばし呼吸を深くする。仏の目線が体に入り、心の奥を覗き込んでくる。体から熱が広がり四肢の先が温かくなったが、それに反して頭は冴え冴えと澄んできた。

勘九郎には寺社を敬う心情がある。それが中世に繋がる人々の一般的な感覚だ。

突然、理由もなく奪われる命。悲しみと不安で人々は身を寄せ合う。身を寄せ合っていれば安心。それが地縁の村であり血縁の家族であり一族一統となり、地縁と血縁の煮凝りのような織田家となっている。だから上様も神仏を敬う気持ちがある。あるはずだ。ひとつだけ、人と違うことがあるとすれば悪を憎むこと。

邪神や煩悩、邪念や悪心、神仏には悪い憑物が居る。仏の教えに優劣はないが、悪心を教えて人を惑わす僧侶が居る。悪人が居ると言うのだ。

——すべてが悪い者など居ない。人は善人となり、時にどうしようもなく悪を為す。それを分けることはできない。上様にも神のような賢者と地獄の魔王が同居している。

仏の目を見返した。何も応えはない。

——私の中にも魔が居る。その魔が囁く、松をどうする？　松は武田の女。地縁も血縁も武田に染まった女だ。そして私は武田を滅ぼすだろう家の者。

目を瞑り、腹の奥、丹田に沈んだ。

何の応えもない。最初から応えなど期待していなかった。ただ仏の前に座ってみたかっただけ。心が落ち着き、考えがゆっくりと思念の澱みに入っていった。

父信長は、弟を殺して母を遠ざけ、正室帰蝶姫と疎遠だ。疎遠と言うより義母上に対して遠慮があり、時に恐れの声色を出す。私は母上の養子となることで家督を継いだ。見ようによっては母上への贈り物。これでどうだろう、との気弱な仕草に見える。何か二人の間にあったのか。それは美濃滅亡の時か。母上の父道三殿の討ち死の時か。

どちらにしても今の武田、そして松姫に似ている。弟源三郎が居て、母上が居る。父は弟も母も室も、すべて壊した。秀吉の言う〝錐のように一点を突いて壊す〟そのようなことをしたのだろう。

私はどうする？　私は積み上げる者。弟を助け、母上に慈しまれ、そして松は……。

そこで勘九郎は佇んでしまう。父のように奪い、そして憎まれ続けるか。それとも武田のまま死なせるか。

勘九郎は思念の網に絡まり、身動きできずに織田家の煮凝りの中に沈んでいる。ぬめりとした感触に包まれて体が徐々に溶けていく。体の感覚が無くなると、代わりに意識がゆるゆると四方に広がっていった。

煮凝りに飲み込まれたのか、飲み込んだのか、これが涅槃と言うものか。仏に抱かれたまま、ぼんやりと沈んでいた。

水底から泡粒が浮いてくる。くぐもった音を響かせて、ゆらりと勘九郎の頬を撫でて水面に上っていった。初めは鳥や木々のさざめきしか聞こえなかったが、よく聞くとその中に人の声がある。

幼子の声？　忍び笑い？　呼び掛け？　呟き？　声が残り香だけを置いて上っていく。そのたびに勘九郎の五感が沸き立ち、ひと時だけ情景を結んだ。

新芽を噛む口の苦さ、暑さに茹でられた夏雲、目に沁みる紅葉、枯葉の匂い、雪朝の白い息……

懐かしい風景。見たことのない景色なのに懐かしい。目が緩み、胸が熱くなった。

すると髪の匂い。水脈のように流れてくる。息を深くして匂いを胸に満たしていく。

〝まつ？〟

言葉が浮かび、その言葉もゆらゆらと上っていった。揺れ上る言葉を目だけで追い、体は淀みに沈んだままでいる。と、耳元に吐息が落ちた。その後を声が追う。

〝かんくろうさま〟

目を見開き、煮凝りの澱みから起き上がった。

金堂の薄闇が冷気となって押し寄せ、その中を紅葉の赤い残像が散る。深い呼吸を何度もして、朧の意識を戻していった。

見上げれば薄闇の仏が浮かび、眠くなるような読経が続いている。変わったことは何もない。

もう一度辺りを見渡したが、何の気配も残っていなかった。


年が明けてから美濃の地は好天が続いた。好天でも寒い日々だ。

越前から吹き込む雪風は伊吹山に雪を降らせ、寒風だけを美濃の平野に吹き下ろす。乾いた風は空を清め、見ている眸まで冴えわたらせる。

勘九郎は年末から岐阜城に居続け、久し振りに戦のない正月を過ごしていた。

尾張、東美濃と勘九郎の領土は広大だ。決めるべき事項、会わねばならぬ人、領地見回り、諸国情勢の把握、正月と言うのに好きな能を舞う暇もない。楽しみと言えば松の姿絵を見ることくらい。婚儀の約定が成った時に取り交わされた松姫の姿絵だ。武田におもねる信長は姫の姿絵を飾り、その横に幼い勘九郎を座らせて契りの式を行わせた。

それ以来、正月には松姫の姿絵を飾る。

〝正月には松を飾るものだ〞という信長の戯言を、勘九郎は今も愚直に守っている。

——どのような姫になっているか。

床の間に掛けた姿絵を見上げると、絵の中の松姫は幼い顔で澄ましている。

成婚当時、信長から厳しく言われた。文を送れ、自分で書いた文を送れと。

〝女が蕩けるような言葉を連ねろ、言葉なぞは道具だ、それを使いこなせ。贈物も繁く贈れ、自身で選んで贈れ。これはお前の仕事ぞ。人任せにしてはならぬ。人任せにしていない、そのことが姫に伝わるように贈るのだ〞

女への文など書いたことはなかったが、大人に訊いてなんとか綴った。訊かれた男たちはしどろもどろして話にならなかったが、女たちは大喜びで教えてくれ、贈り物を選ぶときなどは自分のことのように騒いでいた。

松姫からも返事が来る。

姫も自分の手で書いていることは分った。背伸びするような言葉の間に幼顔が隠れていて、それを見つける楽しみも覚えた。文を交わすうちに幼字は艶やかな少女の筆となり、いつしかその文を心待ちにするようになっていった。

文が来ると、気にしない素振りをして隠れて何度も読んだ。そして文末に記してある〝松〟の字を小さく声に出す。するとそれは姫への呼び掛けとなり、姿絵の松姫が応える気がした。

織田家長子の仕事として始めた文送りが、二人の言葉が重なるごとにそれは重みを持ち、澱のように積もっていった。その重さには後悔も含まれている。

――歯の浮くような言葉を連ね、その言葉に己自身が酔っていた。

姫に送った文面には幼い自分が訳知り顔ではしゃいでいる。

武田との同盟が破れてからは文の行き来はなくなり、昔の文を読むだけとなった。松の文を読めば自分の文を思い出す。拙い筆で松への思いを綴った文。勘九郎は思い出すたびに悔恨で身を焦がす。過去の自分を恥じて悔やみ、松姫には手元にある文を破り捨ててほしかった。しかしそれを伝える術はなく、ただ姫からの文を読み返すだけ。傷の具合を確かめるように何度も文を読み返す。治りかけの瘡蓋を剥がしては傷の痛痒さを楽しむ、そんな習慣を持つようになっていった。

――なぜあのような書き様をしたのか。もっと別の言葉があったのに。

その悔恨が幼い二人を炙り出す。

勘九郎は自分の柔らかな部分を見せ、姫も恥ずかし気に自分の部分を見せている。二人だけの言葉で触れ合い、そして重ね合う。その様子を思い出すたびに松姫への思いはしっとりとした重みとなり、勘九郎の内に育っていった。

逢うこともなく声さえ聞かずに、幼い文だけを頼りに積み上げた幻の松。それが勘九郎の松姫、時を止めたまま何度もなぞって作り上げた姫だ。逢うことがこの姫像を壊すことになる。そして松姫の勘九郎像も壊すことになるだろう。相対の場で最初に見交わす目、そのひと目で音を立てて崩れる。潰れる胸の内を抱えて逸らし合う視線。かみ合わぬ会話……。

その場を思うと居たたまれぬ心持ちになる。

壊すくらいなら逢わない方がいい。そう思う一方で、

――逢いたい。

と強く思った。

父は壊した。そして義母との時は止まったまま。

私も自分の姫像を壊す。しかし壊れた破片を拾い集め、もう一度積み上げる。積み上げることが時を進めることになるだろう。その後、松はどうなるか。私の隣で武田を見るか、武田のまま滅んでいくか、時がどちらに進むのかは分からない。

――が、進めてみたい。

思いに区切りをつけて、松姫の幼顔に目を向けると、

〝かんくろうさま〟

金堂の声が甦ってきた。

三

躑躅ヶ崎館の正月は慎ましやかに明ける。

身を清め、館に湧く井戸から若水を汲み、皆で先祖代々の菩提を弔い、館に祀る様々な神に祈る。特に勝頼は諏訪大祝家の者であり、諏訪明神への祈祷は入念に行われた。開け放たれた部屋で、白の束帯に垂纓(すいえい)の冠を被った禰宜(ねぎ)姿の勝頼を先頭に、一統が祈念するのだ。

松姫も後ろに小さく控えている。信玄の代から正月を躑躅ヶ崎で過ごしていた姫は、館の主が勝頼になってもそれは変わらない。変える理由もないし、変えることもしなかった。ただ目立たずに皆の後ろに連なり、行事が終わるのを待って早々に新館に戻ることにしている。

戻っても何をするでもない。館の者は正月の宿下がりで誰も居ない。閑散とした館の中で楓と二人、ぼんやり日を過ごすのだった。町衆の界隈では何か正月行事が行われているのだろう、喧騒が遠くに聞こえ、その声を数えて一日が暮れていく。

姫は正月衣装を着替え、柿渋の普段着の中に木綿を着込み桔梗色の小袖を重ねている。その上には銀鼠の打掛を肩に掛けただけ。それで少し崩れた風情になった。

正月は睦月、むつみ合う月。姫は部屋に籠って勘九郎の思い出に浸っている。その間、楓は重ね着した小袖の膝を横に座り、火桶の炭を突きながら正月の空を見上げていた。空は伊賀の里まで続いている。

楓にも伊賀の噂は届いていた。

〝昨年、北畠様と伊賀郷士衆との間に諍いがあったそうな〟

噂はそれだけでどちらが勝ったか分からない。遠い山里の戦い。ここでは旅人から聞く茶飲み話でしかなかった。立て籠もったかもしれないし、小競り合いが続いているかもしれない。

上忍である柘植（つげ）のお家も郷士衆のひとつ、戦いに加わったと考えて間違いない。北畠は織田の一統、北畠三介は勘九郎の弟であり、これと戦ったのなら織田の仕事は中断されるはず。それなら楓への繫ぎが無くなったのも合点がいく。

空を見上げながらぼんやり考える。

忍び仕事が無くなるのか、再開されるのか、伊賀の空の下でどのようなことが起きているのか。

鳶が舞い、目で追ううちに〝ピーッヒュルル〟と声が降ってきた。

「おめでとうございます」

鳶を追うように平左の声がした。


「正月衣装ですな。ようお似合いで。やはり楓様が一番じゃ」

正月気分で平左が口癖を言う。

「長らく姿を見せなかったな」

楓は中忍の声を出した。

人目のない今日は平左を庭先へ回し、広縁に座って話している。軒下に控える平左は綿の代わりに藁を入れた麻の小袖でひと回り太って見える。一張羅の枯茶小素襖に、毎年正月に新しくする折烏帽子を頭に乗せ、いつもよりこざっぱりしていた。

「繋ぎが来ないので諏訪神人の伝手を手繰って調べておりました。たいへんですぞ。伊賀郷士衆と伊勢の織田が戦いました。それはご存知で。そうですか……、それではこれは？　戦の結果は？　それが何と、勝ってしまいましたぞ。伊賀が勝ったのです。さすがは柘植の頭目じゃ。わしなどは気を揉んだが、お家はきっと大丈夫でしょうぞ」

平左の喜色面を眺めてから、楓は声を落とした。

「それではなぜ繋ぎが来ない？」

「まだ何かと忙しいのでしょう。繋ぎ者も戦いに狩り出されたのかもしれませぬぞ。なにせ、お大名に勝ったのですから」

大きくなる声を抑えて楓を見上げた。この快事を喜び合えるのは伊賀者の楓だけであり、勇んで館に顔を出したのだ。それが分かる楓は少し頬を緩めて、

「噂を拾いにどこまで行った？　織田領まで入ったか？」と水を向けた。

「いやあ、織田領までは行けませなんだ。織田の関所は厳重ですからの。神人の株でも通れません。織田様は寺社座の者を特に厳しく詮議する」

楓は目を上げた。

「そのような目で見ないでくだされ。巫女、巫女でございます。歩き巫女から聞きました。あれらは

遠くまで渡って行けます。なにせ諏訪の巫女ですから。諏訪神社があればどこへでも行けますぞ。織田様の関所も巫女には緩うございます」

言った後に下卑た笑いを残した。

平左は神人の座株を使って巫女踊りの勧進扱いも始めていた。薬草や小間物を商うかたわら、出入りの家で小さな勧進を斡旋する。晴れやかなことは行わない松姫も、諏訪明神の神事であり正月ならば、と巫女舞い催事の許しが出ていた。

「明後日に行う巫女舞いの者たちか?」

「とんでもない。聞いたのは歩き巫女。明後日ここに呼ぶ巫女はれっきとした霊気を備えた者でございます。この平左、歩き巫女のような者をお屋敷には上げはいたしませせぬ」

平左は居住まいを正して畏(かしこ)まった。

楓も歩き巫女の持つ意味を知っている。

巫女とは名ばかりの、春をひさぐ女たち。諏訪神社への奉納舞いとは表向きの行事で、その後に行われる宴席で侍らすのが目的だ。踊りを見て謡を聴き、酒を飲みながら巫女の品定めをする。歩き巫女は白拍子のような渡りの遊女として扱われていた。

そして口寄せという人魂の呼び寄せも行う。

死者はもちろん、遠くに居る生者の生霊も呼び寄せると称して口寄せ料を貰い、その者の望む女となるのだ。死んだ妻となり、昔馴染んだ女となり、ひと目見ただけの旅の女となる。ひと時の間、男は好き放題をする。その間のことは巫女自身も知らない。知らないことになっている。死霊生霊との交わりは人倫の戒めの外にあるため、巫女の口寄せは遊女では味わえない興奮をもたらした。だから村の男たちは歩き巫女を待ち望んでいて、それを知る関所の者も巫女の通過は甘くした。公には諏訪明神の祭事者の地位なのだ。

「それならよい。松姫様は神寄せ口寄せも御所望じゃ。神気の強い者を頼むぞ」

話を終わる、の意を込めて楓が侍女言葉を使った。

「分かり申した。この平左、心して勧進努めまする。いやさか、幾久しくのご繁栄を」

平左はおどけて、もっともらしい口上を述べたが、それには合わせず横を向いて立ち上がった。

それを機に平左はするすると消えていき、楓は庭を見る風情でそのまま佇んでいた。

――伊勢との諍いは以前にもあった。確か二年近く前。短い間に二度も諍いを……いや諍いではなく戦だ、平左は戦と言っていた。この戦が自分たちに何を意味するのか。

目を上げれば高くをすじ雲が刷いている。あの雲の先には伊賀がある。

木遣り唄が遠くに聞こえ、最初の声が高く舞い、それを追って声々が広がり、集団となって降ってくる。

町家衆の祝い唄が今の楓には不吉なものに聞こえていた。

巫女舞いの日は新館にはめずらしく、人が集まり華やいでいた。

奥座敷を巫女舞いに使い、中の間には松姫たちが、広間には館の者たちが各々の順を守って座を占め、廊下縁側、庭先にも館に関わる者たちが連なっている。

巫女舞いは神事であり、望む者にはそのご利益を分け与える。それが主催者の務めでもある。皆に舞が見えるようにと障子襖は取り払われていて、初春の清らかな冷気と明るい陽射しがここに集う人々をおおらかに包んでいた。

巫女は三人。立烏帽子に白装束、上衣の千早が揺れて緋袴が目に鮮やかだ。嫗(おうな)、女房、童女を演じているが、皆年若く、その三人が神楽鈴を鳴らして緩やかに舞い、時折謡を吟ずる。

鈴の音が拍子を付け、その拍子が人の意識を朧にさせる。うつらうつらと幽玄の園に誘われ、その中を鈴の音に導かれて彷徨(さまよ)う者たち。神楽鈴は特別な力があるようで、皆、惚けたように見詰めていた。

楓は庭先に並ぶ者たちを見ている。普段は館に入れない男たちが顔を揃えているので、不審な者、不心得者が居ないかと気を配っていた。しかし特に目立つこともなく巫女の謡が流れていった。

男たちの見ているものは分かっている。舞いを見るというより、舞いを眺める姫の艶やかさに見惚れている。

織田との和親が破れてからは外に出る機会もなくなった姫。

〝菩薩に例えられる松姫様と巫女舞い、両方見ることができる〟

噂に聞く新館御料人の艶やかさをひと目見ようと、庭に入り込んだ者たちが頷き合っていた。

平左は縁側の端に控えている。楓は平左を見ないようにした。

一昨日の平左の話を二晩考えた。何度考えても、自分たちは伊賀に捨てられたと考えるのが妥当だ。

戦によって伊賀と織田は絶縁状態だろう。織田から請け負った楓の仕込みも破棄される。それなら伊賀に戻れの指令が来るはずだが、忍び仕事を秘密にするあまり、請け負った頭目しか仕事を知らない場合がある。知らなければそのまま打ち捨てられる。

特に楓の仕込みは郷士家当主からの直接の指示であり、だからこそ楓は中忍になれた。もし当主が死ねば誰も分からない。仔細を知ろうにも織田方に訊くわけにはいかない。長い仕込みで楓たちは織田方との絆が強くなったと見て、そのような者を伊賀に戻すことはできないと思うだろう。

それが〝捨て忍〟だ。

長い仕込み仕事ではよくあることと聞いている。来ない繋ぎを待って一生を暮らす。隠れて修練をして、使うことのない忍びの技を体に刻み続ける。調べた内容は文字にせず覚えるので、次第に覚えることも多くなる。家族を持っても土地に根付かずいつも消える準備をし、来ない繋ぎを待って一生を送る。それが捨て忍だ。

これを平左に告げるのは辛い。平左は隠居株に手が届いている。

下忍は伊賀に帰って隠居することが望みであり、淡い夢なのだ。

下忍という獣は隠居してはじめて人らしい扱いを受ける。土地が用意され、周りの者からは敬われる。土地を人に貸すのもいいし、嫁を貰うのもいい。村を歩けば声を掛けられ、祭りでは席を用意される。子供を集めては昔話をし、膝に乗せた子に餅をやる。

平左はそれを夢見て待ち続けなければならない。楓と組んで運が良かったと言っていたが、捨て忍となればこれ程の不運はない。

平左は巫女舞いに合わせて体を揺らしていた。時折、自慢げに外の者たちへ目を向ける。本当は気付いているのではないか、と不意に思った。忍び勤めの長い平左は捨て忍の話も知っているはず。不安を隠そうとして無理に陽気に見せているのではないか。

巫女舞いも終わりに近づき、合わせるように巫女三人が、本、添え、控えの形となり、神楽鈴の乱振りをひと際長く響かせた。遠くから見れば松の図。縁起のいい松であり、前に座る松姫を寿ぐ意味もある。見ている者から歓声が上がった。

姫は畏まる巫女たちに声を掛けてから楓に促されるまま座を立ち、外の者の目に触れぬように奥の廊下を使って部屋へ戻っていき、巫女たちも次の演目まで暫しの間、部屋で休みに入る。楓は部屋から平左を呼び出した。

「良い巫女を選んでくれました。姫様も殊の外喜んでおられます」

「そう言っていただけると、わしの低い鼻も高こうなります」

「館の女たちも楽しんでいます。特にあの童女、あの子は可愛いですね。あの子をもう一度見たいと皆が口を揃えていますよ」

「次は稚児たちの舞ですから、そうだな、それに加えましょう。その後はひとり舞いとなります。この間に松姫様のお部屋へ巫女の座主がご挨拶に伺います。如何でしょうか？」

平左が目配せした。

「その者が神寄せ口寄せを行うのか？」

「そうでございます。霊気の強い者が座主となります」

楓は頷くと、それ以上は何も言うなと睨み、平左は首を縮めて座主を呼びに行った。

現れた巫女は先ほどの舞いの女房役の若い女。媼役の女が現れるものと思っていた楓は少し驚いて、

「そなたが座主か?」の問いに、若い女は笑みで答えた。

二人の横を、客間に向かう稚児たちが足音立てて通り過ぎていく。胸まで上げた袴に冠を着け、お辞儀をするたびに冠に付いた鈴が鳴る。これが面白いのか何度もお辞儀する子も居て、鈴の音が笑い声のように響いた。

座主は指を立て、それから皆の顔を見渡すと、よそ見をしていた子供も座主の顔を見詰め出した。子供の気持ちを指の先に集め、ゆっくり動かすと、子たちの目も指を追い始める。右に左に動いてから、すっと客間を指差した。小鳥となった子供たちは、指の先へと一斉に飛び立っていく。

——幻術?

伊賀の里で教えられた幻術を思い出した。目くらましとも言う、人の気を逸らす術。楓は座主の姿を目で調べていた。

巫女姿はそのままだが白足袋は脱いでいて、近くで見れば白粉に紅を引き、若い肌は浅黒く手足も筋が浮いて下者(したもの)の様子。視線に気付いたのか、座主は墨を引いた目元をほころばせてやさしく見返してくる。

楓はひとつ咳をしてから松姫の部屋へと向かった。廊下に響いていた足音も消え、人々の騒めきも遠退いていく。稚児の幼い謡声が聞こえる頃には、奥まった松の部屋で座主とともに頭を低くしてい

た。

「ここに居りますのが本日の巫女座の主でございます」

座主は頭を下げたまま動かない。

「名は何と？」

「名はありません。座主とか、巫女と呼ばれております」

「では座主にいたしましょう。顔を上げて楽にしてよい」

若い動きで顔を上げると、背筋の伸びた綺麗な座り姿を姫に向ける。

「なぜ名前がないのです？」

それが癖なのか、座主は笑顔を見せてから、

「なぜでしょう？　霊気がこの身に降りるようになってからというもの、名を呼ばれなくなりました。私のこの体を借り物として様々な霊が降りてくるのです。そのたびに名が変わるので元の名を忘れてしまいました」と慣れた口調で言葉を揃える。

「ほう、そのような……」と姫は言葉を留め、じっと見据えた。座主は視線の前で笑顔を見せている。

松姫に見詰められると大抵の者は落ち着かなくなる。それを平然と受け流している。

——物を入れる袋のような方。松姫様の美しさを吹き流している。

「そのようなことがあるのですね。生まれた時から備わっていたのですか？」

「いいえ。山里の田舎娘でした。ある時、神意を受けて諏訪大社に連れて来られました。神意ですか？

男とまぐあった時でございます」

　遮ろうとする楓を松姫が目で留め、言葉を足した。

「巫女は殿方を寄せ付けず、身を清めて過ごすと聞きますが」

「そのようなことはございません。男に抱かれても汚されても、ひと時が過ぎればまた生娘に戻るもの。生き返りは古来よりの女子の業と言われております。子を生むのと同じかと」

「私にはよく分かりませぬ」

　姫は戸惑いを素直に口にし、座主はそれを微笑みで受けている。ほんの小娘と思っていたが、童女にも媼にも見える。

「座主は修行を積んだとみえます」

　姫の言葉に思わず笑みがこぼれ、〝修行〟と口元で呟いてから、

「心根の在り方を学びました。神寄せ口寄せを行いますと、身も心も擦り切れてしまいます。それで心を病んでしまう。そのような者が助けを求めて来るのです。私もそうでした。身と心を戻す修行。袋となって何でも受け入れ、通り抜ける。通った後は何も残らない。そのような修行？　でしょうか」

　姫は小首を傾げ考えている。座主は平坦な声で続けた。

「神寄せは神の宿り木となって占います。口寄せは人の霊を呼んで一時この身を貸します。貸座敷のようなもの。姫様はどちらをお望みでしょうか？」

　楓は目を落として息を詰めた。

　——勘九郎様。松姫様の思い人です。その名を告げるのでしょ？

息苦しさで見ている畳目が歪んでくる。

姫は別のことを言った。

「霊が寄るとどのような気持ちになるのですか？」

座主は感心する目を向けると、

「何も分からない、と答えることになっております。巫女は体を貸すだけで何も残らない」そう言ってから寂しく笑った。

「それなら心なぞ病みはいたしません。よくお気づきになりました。……残ります。はっきりとではありませんが、霊と呼ぶ者の残渣？　というか気持ちが残ります。どの様なものか、でございますか？」

姫の問いに迷っている。どう言おうかではなく、言うべきかどうかを迷っている。

「それは……、おぞましいものです。袋となって諏訪明神に洗い流していただけねば耐えられません」

松姫は目線を落とした。落としたまま動かない。

姫も畳が歪んで見えるのかと思うと、一緒に畳目を数えたくなった。

「怖いのです。私もその方のお気持ちを知るのが。言葉だけなら聞いてみたい。でも心根も分かるのなら……。言葉を聞けば私にも分かります。きっと分かる。聞きたいと、このままがいいとに引かれて……」

そのまま言葉が途切れた。

初春の明るい部屋に静寂が降り、遠くから神楽鈴が聞こえてくる。ゆっくりとした調子が部屋の三人を物思いに引き入れる。

　座主は顔を和らげると、

「少しお話をいたしましょう」と座り姿勢を緩め、

「口寄せの話です。とは言っても巫女の言い伝えのようなものですから、お気軽にお聞きください」

と誘い、姫の頷きを見てから声を改めた。

「神寄せ口寄せと言っても、すべては人の霊でございます。神とは大昔のご先祖から見知った者までの多くの者たち、これら死霊の塊です。いえいえ、怖いものではありません。なにやらもやもやとした塊。地縁血縁と言うでしょ？　地で繋がった塊と血で繋がった塊。それらが土地土地に根を張っています。地も血も関わらない繋がりもあります。何だと思います？」と言葉を切った。

　姫の切れ長の目は動かない。楓はこういう姫を久しぶりに見た。野太い松。鋭利で肝の座った男のような松姫だ。目が、早く続けろと言っている。

「同じ心根を持つ者同士です。仏とか、座とか、私ども巫女も座者でございます。地縁も血縁もない者同士が集まる。集まるはおかしいですね。行き来をする。遠い場所の顔も知らない者同士が繋がるのですから。地に根差した者にとっては恐ろしい所業に映るでしょうね。でも心惹かれる。私たちのような座者がふらふらと諸国を浮浪できるのはなぜだと思います？」

　今度は座主もすぐに続けた。

「信用です。私の師匠は義とか権威という言葉を使われますが、難しくてよく分かりません。私には信という言葉が落ち着きます。諏訪大社の裏書があれば寝食に困らずに旅が続けられ、頂いた品も寄進という形で各地の寺社に預けることができます。欲しいときは裏書で品々を貰い受けることができる。これらは皆、巫女座の信用。古の巫女たちが築いた繋がりでございます」

「それらが塊となっているのか。もやもやとした繋がりの塊で」

松姫が口を挟むと、座主は小さく頷いた。

「われら巫女はその塊を辿ります。神寄せ口寄せとは言っておりますが、塊を見れば神寄せとなり、近くに留まる死霊生霊を訪ねれば口寄せになります」

松姫の顔が喜色にほころび、何か思いついたのか子供の顔になった。

「大名家の血縁に各国衆の地縁が集まる。お家の力を高めるために関所や壁を作って自領の米を囲い込む。そんなことを気にせず行き来する者も居る。それができるは信用で繋がる神社仏門、それに連なる座者の面々。両者が縦横にひしめき合っている。なにやら今の世を言い表しているようで面白い。壁を作って自領だけを緩くしている織田のお家が、気ままに動き回る仏門の方たちと張り合っているのも頷ける気がします」

「姫様は賢いお方でございますね。そのようなこと、私などには考えも及びません。巫女の知恵は口寄せの手掛かりだけ。地縁血縁は先祖からの時の流れに連なり、座の者は土地に縛られずに各地に広がります。両方で時空。何やら曼陀羅のようですが、この絵図を手掛かりに口寄せを行います」

座主は姿勢を正して話を戻した。

「松姫様の思われる方もその曼陀羅から私を通して繋がります。繋がることでその方のお気持ちに関われるかもしれません。些細なことでしょうがそれが口寄せの苦しみでもあり、時に喜びにもなります」

松姫の目が据わる。切れ長の目は動かずに、刃となって据えられた。美しいだけに凄絶。楓は抜き身の刃を素手で握った気がして身動きせずに待った。

「お気持ちが定まりましたか？」

座主の声に姫はゆっくりと頷いた。

すぐに準備が始まる。

楓は部屋から出ろと言われたが、女とは言え身元の不確かな者と姫を二人きりにすることはできない。押し問答の末、御簾越しに隣の間で控えることで納得した。

「本当はこの神事、依願者本人だけとの決まり。他の者が居ると生霊が躊躇するかもしれません」

座主は不満げに目を流してくる。

「楓は他人ではない。私と一緒に長年念じてきた者です。楓にも見てほしい」

楓は驚いて平伏した。

――姫様はそのように思われていたのか。

不意に涙が溢れ、顔が上げられなくなる。思い出が次から次と湧いてきた。

――何とかしなければ。

突然の激情に戸惑っていたが、心の波を鎮める術を始めた。

忍び者の鎮静術。忍び者は誰でも自分なりの方法を編みだしている。楓は畳の目。涙で濡れる畳の目をひとつずつ数えていた。

その間に口寄せの準備は終わったのか、座主は謡のような呪文を唱え出している。低く高くうねるように続く。その声が楓に落ち着きをもたらし、こんなところで狼狽えてはいられぬと、懐紙で鼻をかみ素早く目を拭うと姫たちに顔を向けた。

床の間には勘九郎の姿絵が掛かり、それを挟んで松姫と座主。座主は勘九郎の文らしきものを捧げ持ち、文字に指を這わしている。姫はその姿をじっと見ていた。座主の指が動くたびに不機嫌そうに眉を寄せる。

――焼きもちを妬いている。勘九郎様のものには誰も触れてほしくないのだ。

姫が勘九郎の品々を人に見せないのは勘九郎をひとり占めにしたいから、楓は密かにそう思っている。そして口寄せに躊躇したのも、勘九郎が座主の体に入ること、それだけが嫌だったのではないか。

謡が速くなった。座主の顔が面変わりし始める。顔は同じなのに何か違う。顔を動かす筋が別人の動きになっている。楓は御簾に少しずつ近づき、目を凝らした。

丸めていた座主の背がすっと伸び、面変わりした顔を引く。胸を張り、ひと回り大きくなった気がした。そのままじっと見ている。姫も訝し気に見上げていた。徐々に手が上がり、姫に触れようとしてためらっている。姫は体を捻って離れようとした。動きを待っていたように座主は、座主に入ったモノは、体を入れ替えて姫を懐に入れた。

〝…っ〟

姫は声に顔を上げる。

楓は跳び出そうとして何とか留まった。

――この中に入ってはいけない。入れば勘九郎様が抜けていく。

御簾越しに目を凝らす。

〝まつ〟

今度ははっきり聞こえた。

松姫がぶるぶると震え出す。震えているのが楓にも分かった。

〝松？　松〟

声が徐々に大きくなっていく。姫は声に向かって顎を上げ、二人の顔は触れ合うほど近くなった。

それでも座主に寄ったモノは松姫が見えないのか、姫の気配を探している。

「かんくろうさま？」

姫が囁いた。

声に顔を向け、そのまま姫を抱きしめる。感触を確かめるように顔を動かし、髪の匂いを嗅ぎ、その髪の中に顔をうずめる。二人の体が重なり捻じれていく。

〝あっ〟「あっ」

楓と松姫の声が重なった。

御簾を上げて部屋に飛び込む。同時に座主の体から力が抜け、姫を抱いたまま くたくたと崩れ落ちていった。

「姫様！」と抱き起こすと、姫は虚ろな目線でされるままになっている。

「松姫様、お気を確かに」

「……」

「どこかお怪我は？」

「楓？　楓か？」

姫はまだ夢の中にいる。

「姫様、ご気分は？　楓が分かりますか？」

「大丈夫。大事無い」

姫の声に力が戻ってきた。

「それより座主はどうなりました？」

そこではじめて目を横に向けると、座主は袴の裾を直しながらゆっくりと起き上がり、そして座り直すと眩しい目をしてほほ笑んだ。

「ご心配いただきましてありがとうございます。私なら大丈夫。それより姫様はもう少しお休みになられた方がよろしいのでは」

「私ならいいのです。それより訊きたいことがあります」

言いながら身仕舞を直し、

「勘九郎様のお気持ち、いや、そなたの体を借りた生霊の心根を訊きたい」語尾が震えている。

座主はもう一度目を細め、

「それは言ってはいけないことになっております。巫女の決まりでございます」と頭を下げた。

「しかし、あなたには見えたのですね、勘九郎様のお気持ちが」

その言葉に顔を上げ、悪戯っぽい笑みを浮かべてから、

「先ほどおぞましいものと申しました。姫様はそれをお気にされていらっしゃるのでは？」そう言葉を向けると、松姫は頷く代わりに目線を落とす。座主は更に笑いを広げ、

「でも、いつもそうとは限りません」

言ってから、年相応の顔で頭を下げた。


正月睦月も半ばを過ぎ、どんど焼きでお飾りを納めると、抜けるような甲府の空も冬の雲が縁取るようになり、すると雪混じりの風が吹く。

楓は小袖の裾を気にしながら打掛を被（かず）いて通りを急いでいた。

目立たない土色の布打掛で顔を覆い、同色の衣で身を包んでいるが、襟元には重ね着した珊瑚色や紅紫の小袖が覗いている。衣裾には少し綿が入っていて、楓の早い足運びでもまとわり付くことはない。

その足で右に折れ左に曲がりながら裏道に入っていく。時折俯いて人影をやり過ごし、今度はひどくゆっくりと川辺を歩いてから宿の前まで来た。

そこで被いた打掛が翻る。打掛はふわり広がり、横に流れながらするりとすぼんだ。その時には楓の姿は消えていた。

楓は平左の目があることを知っている。知っていて、わざと平左も知る幻術を見せたのだ。楓は少し浮かれていた。松姫の口寄せを見て以来、浮かれる自分を許していた。

小女に連れられて部屋へ入り、女が下がるまで顔を伏せたままでいる。戸の閉まる音で控えめに顔を上げ、源三郎の姿だけを確かめた。

いつもの素襖姿だが、小袖をふたつ重ね着して色違いが鮮やかだ。上衣の襟合わせを崩して胸紐の位置を下げた形、それだけで軽々として粋な崩れになっている。

楓は沸き立つ胸を抑えて頭を下げた。

「お待たせして申し訳ございません。お叱りをいただきとうございます」

「なに、私が早過ぎた。気が急いてな」

〝急いてな〟の言葉が体の熾火を熱くする。源三郎に引かれるまま、楓は次の間に入っていった。

ここは館から程近い川岸宿の一室。逢引き小屋とも呼ばれる川沿いの貸間で、人の目からは離れている。

「楓！　われらは織田に戻れるかもしれぬぞ！」

耳元で源三郎が声を張った。

楓はその声を押し留めて周りの気配を探る。案内の小女は下がったばかり。外の気配を探り、部屋の中に目を配る。燈明のない暗い部屋でも慣れてくれば様子が分かった。

朱を散らした大きめの寝具に枕が二つ。小部屋はそれだけでいっぱい。枕絵草子の横には手拭いが畳んであり、燈明の代わりに火桶が置いてある。火桶の炭が赤く息づいて、部屋は頬息のように暖かい。

目で頷くと源三郎が喋り始める。

「織田へ使者が送られた。武田と織田、甲江和与の話を始めるそうだ。そうなれば松姫様は我が兄へ嫁ぎ、私も織田に戻される。そういう話を聞いた」

楓の目が虚空を泳ぐ。こぼれ落ちるかと思えるほどに見開いて、小さな顔が闇に潜む猫のよう。源三郎はその顔を誤解して優し気な声を出した。

「心配することはない。われらの逢瀬は変わらない」そして楓の肩に手を回そうとした。が、その手を硬い言葉が押し戻す。

「お尋ねしたいことがございます」

ひと睨みして、その目で続けた。

「お話を聞いた時、源三郎様はどのようなお顔をされましたか？」

「驚いた。驚いて……困った顔をしたかもしれぬ。今の近習を外されるからな。しかし後になって考えてみると、私にとって悪いことではないと思うようになった。松姫様にとっても――。どうした？何を笑っておる？」

「ようございました」と笑いを抑えてから続け、

「源三郎様は試されたのかもしれませぬ。織田と聞いて喜ぶようなら警戒されたでしょう。生まれは織田でも心は武田者、そう思わせるのが上策と思います。そのようにされれば、武田のために使える者として源三郎様にも新たな道が拓けるやもしれませぬ。お考えが後でようございました」安堵がまた笑みとなる。

「何か、私の考えの浅さを笑われているような――」

「そのようなことはございませぬ。殿の真っ直ぐなお人柄があったればこそ、でございます。しかしこれ以降はご配慮が必要。織田より武田を思っている。そのようなお顔をなさいませ」

楓は考えを巡らせる。武田家中のこと、松姫様のこと、源三郎様のこと、源三郎様と自分のこと……。

「楓は嬉しくないのか？　なにやら悲しげだぞ」

「やっと――」

〝自分が役に立つ時が来た〟その言葉は飲み込んだ。源三郎の手が肩を抱いたから。そのまま抱き寄せられると、今度は自分から男の腕に崩れていった。

それから半刻ほど後。

楓は源三郎の規則正しい寝息を聞いていた。薄闇に若い顔が浮いている。

源三郎の松姫への思いは以前から知っていた。それは子供の頃は美しい姉への憧れであり、大人になってからは女として慕っている。姫も源三郎に勘九郎を重ねて愛おしんでいる。楓はそれでもいいかと思っていた。敵国武田の中でひっそりと身を寄せ合う二人、姫と源三郎が夫婦になるなら織田に対しても面目は立つ。己が役目として、源三郎の姫への思慕を見守っていた。源三郎の好きな姫の表情、煙るような笑い、伏し目勝ちな目線、それらを真似ることで自分自身を慰めていた。ひょんなことから関係を持ったが、これも武田方を探る手管のひとつ。そう割り切ろうと努めていた。

しかし、状況が変わった。

楓は源三郎の話を何度も反芻した。話をそのまま鵜呑みするわけにはいかないが、伊賀から繋ぎが来ない間は自分一人で判断し、事を進めなければならない。それを考えると、また顔付きが険しくなる。源三郎の言う悲しげな顔だ。

松姫と源三郎に間違いがあってはならない。間違いが起こる前にその芽を摘むのも楓の務め。

——だから源三郎様と関係を持った。

そう頭目に言えばいい。

〝それだけの理由か？〟

声が闇の奥から問い掛ける。

——連れて逃げることもあるだろう。その時のために源三郎様との絆を強くする必要がある。

〝それなら、女の技をなぜ使わぬ？〟

楓は忍び女として男を喜ばせる体術を身に付けていた。しかしそれは使わない。使えなかった。源三郎に抱き寄せられただけで体が震え、手足が動かなくなった。ただ、抱き付くことしかできない。忍びの技など忘れ、源三郎の導くままに震えながら高みに達した。手の届かないものと諦めていた人の手が目の前にある。それにしがみ付いた。

指が源三郎の手に触れる。

——この手が私を抱き寄せる。そして波のように押し流す。

もう一度、源三郎を見詰めた。甲斐ではあまり見ることのない公家顔。その顔を目で撫でながら、巫女座主の話を思い出していた。

霊の寄る塊。それに群がる生霊死霊。それは血の繋がりであり、土地であり、信頼や同じ神仏を敬う者同士。その塊に繋がって人は生きる。群れて生きる。群れなければ生きていけない弱い生き物なのだろう。群れの中で身を寄せ合って平穏を得る。平左には伊賀という寄り所があり、松姫様は武田家に、そして源三郎様は織田家に連なり、座主は巫女の座の中で生きている。

——私の寄り所はどこ？　私の生霊はどこにいる？

平左のような伊賀への思いもなく、武田で生きていても所詮は織田の手先、それも頭目の請け負い仕事の駒でしかない。何を信じるでも何に連なるわけでもなく、源三郎様に抱かれるだけが喜びの遊び女。巫女が私の生霊を探そうとしても見つけることはできないだろう。

楓は闇の中でひとりポツンと漂う自分を思った。底の抜けるような不安、くらくらと体が揺れ手足を広げても支えるものがどこにもない。叫び出したくなる淋しさに襲われた。

手を探り、きつく握った。暗闇に落ちそうになる自分をなんとか支えてもらおうと源三郎の手にすがった。

体が動き、薄目が楓に向く。楓はじっと見詰め返した。動きのない薄闇の中で楓の目だけが水底のように揺れている。源三郎は慣れた手付きで腕を回し引き寄せようとした。もう一度、波のように抱いて欲しいと、楓は自分から男の胸に入っていく。荒波の中に身を任せれば、自分と繋がるもの、この淋しさを埋めるものが見つかるかもしれない。

しかし手は楓を抱いたまま動かない。そして思い出したように襖に目を向け、それを少し引く。と、午後の光りが線となり楓の前を区切っていく。明るさに目を細め、

「もう、このような刻限か」

源三郎の声に、楓はのろのろと肌襦袢を引き寄せた。


冬の甲府は強い北風の後に雪が降る。

風が北国の雪を運んでくると言われていて、北から雲が広がると雪で辺りを白くする。人々は家に籠もり底冷えの日々を過ごすのだが、それも長くは続かない。雪の通った後は風が雲を吹き流し、嘘のような青空が盆地を丸く覆うことになる。

そんな晴れの午後に、松姫は実兄仁科五郎盛信の来訪を受けた。

松姫と盛信とは同母兄妹であり、幼い頃は同じ家で過ごしていた。二人は特に仲が良く、盛信は仁科家に養子に入ってからも用事を見つけては館に顔を出していた。懐かしさに姫は顔を輝かせたが、楓は一言、釘を刺した。

「五郎様は直垂姿でございます。行事が催されたとも聞いておりませんし……、なにか正式なお話かもしれませぬ」

楓は五郎盛信の装束もさることながら、顔付きでいつもと違うと分かった。姫も姿勢を正し、静々と客間に入っていく。

藍色の直垂に白い帯、白扇子を持ち固い表情で盛信が上座に座っている。姫たちが下座に畏まると挨拶もなく唐突に話が始まった。姫は目を落として聞く形を取っている。

楓も源三郎の話を思い出し、身を固くして聞き耳を立てた。

「――ということで、両者顔合わせを行うこととなった。そこで――」

「ご無礼いたします」

「なんだ？」

「申し訳ござりませぬ。私、聞き違いをしているのでは、と思いまして……。私は誰とお顔合わせをするのでしょう？」

「織田様だ。織田勘九郎信忠殿、お前の殿だ」

姫はぼんやりした顔で盛信を見ている。いや、見ているとは言えない。目の焦点が揺れている。

「――とのことだ。急ぎ準備をしなければならぬ。松？　聞いておるか」

盛信は話し終え、ぼんやりしている松姫を覗き込んだ。

「姫様」と楓が控えめに声を掛けると、

「……はい」

どうもあやしい。盛信もそう思ったか、部屋下に控える楓に顔を向け、

「お前は分かったな」と声を掛けてから、畏まる楓に言葉を和らげた。

「お主から松に言って聞かせてくれ。手筈は当方が行う故、心配いたすな」

そして姫に向き直り、

「よかったなぁ、松。わしも心配しておったのだ」そう言うと、ひと笑いして兄の顔に戻った。

「織田家との和親を探ることになったのだ。御親族の大竜寺麟岳和尚が安土に遣わされていてな。御一門衆には織田との伝手がある。以前は和親を結んでいたからな。松、お主もそのひとり……、松、

聞いておるか？」

「……姫様」「あい……」

「使者の麟岳殿はわしに近い御親族衆でな。わしは真っ先にお主のことを伝えたのだ。お主が勘九郎殿とお逢いする。それを和与の始めとする。織田方も大いに乗り気だ。御一門衆も喜んでおるし、御屋形様の許可も得た。急がねばならん。松？　聞いておるか？」


盛信が帰った後、楓はことの経緯を詳しく話したが、姫はまだぼんやりしたままだ。ふらふらと自分の部屋に戻ろうとする姫を気遣い、楓も部屋に入っていった。

部屋に入った姫は勘九郎の姿絵を床の間に掛け、しばらく見詰めていた。

後ろに控える楓も姫の肩越しに姿絵が見える。巫女の口寄せの時に御簾越しに見たが、近くで見るのは初めてだ。確かにどこか源三郎様に似ている。そう思うとともに、見てはいけない気がして、

「姫様、私は席を外しましょうか？」その言葉で、姫は思い付いたように漆に螺鈿で松を描いた文箱を手元に引き寄せた。内には勘九郎からの文が半分ほど占められている。一番上を手に取る。手に取るだけで開かない。目を閉じて祈るように文を差し出すと内容を諳んじた。それは稲葉山の紅葉を愛でる内容。松姫は目を上げると衣装箱から打掛を取り出し、

「これが文と一緒に送られてきた打掛。紅葉を散らした模様なの」

松姫は打掛をそっと撫でながら喋り続けている。

「私、お礼文には紅葉を歌った歌を添えたの。今思うと恥ずかしい歌。そうしたら勘九郎様から文箱

が贈られてきたの。それ」と先ほどの文箱に目を遣る。

「中に何が入っていたと思う？　中にはね、紅葉の葉がいっぱい。紅葉の中には文があって、この文箱を私の文でいっぱいにしたら二人は逢える、そう誓いましょうって書いてあった。その文はね――」

次の文を取り出してから、先ほどと同じように撫でていた。楓は少し心配になって、

「姫様？」と声を掛けたが、姫は楓を見ずにひとりで喋り続けている。

「姫様、ご気分はいかがでしょうか？　少し横になるとか？」

「横になる？　そんな、寝てなどいられませぬ。勘九郎様に逢えるのです」

ハッと手を口にやって、それからゆっくりと呟いた。

「勘九郎様」

自分の声に頬を染め、それを隠すように早口で続ける。

「口にできるのです、勘九郎様の名を」

そして手に持っている文を諳んじ始めた。

内容は稲葉山の紅葉の下を二人で歩くこと、それまで文を送り続けること、そして必ず逢うこと、それらの言葉を矢継ぎ早に並べ、楓はそれにひとつずつ頷き、頷きが姫の次の言葉を誘う。何か御題目を聞くようで、楓は姫の祈りの世界に引き込まれていった。

「そうだ。紅葉の打掛。あれを着てお逢いするのはどうかしら？　季節が違うから変かしら？」

姫は初めて楓を見た。上気した顔は喜びに溢れている。

「楓。そなたには全部聞いてもらいます。私がいままでひとりで話してきたこと。〝松のお勤め〟を

全部聞いてもらいます。本当は聞いてほしかった。聞いてほしかったの」

楓は姫の喜びに戸惑っていた。

長く辛かった日々を近くで見てきたのは楓だけ、楓しか知らない。二人で耐えてきたと思っている。松姫の悲しみは楓のものでもあった。

先日の口寄せのような陽だまりの幸せがあり、それをなぞっては何度も味わう。それが二人の喜びだった。しかしこの喜びはどうか。突然の焼けつくような幸せ。

姫は強い光の下へ飛び出していく。楓は悲しみから抜け出せない。

――このような影のない喜びに慣れていない。いないだけ。

そう思おうとした。

「姫様、ようございました」

震える声でそれだけ言うと、頭を下げて畳の目を数える。姫は楓を見ていない。

「ああ、逢えるのね。やっと逢える。勘九郎様、勘九郎様」

松姫はひとり言のように勘九郎の話を続けた。それを楓は黙って聞いている。そして時折、〝姫様、ようございました〟と加えた。

楓は穴の空いた胸の内を抱えながら、ようございましたを繰り返していた。

四

　山々にまだ雪が残る頃、松姫は武田家から揃えられた侍女たちを従えて新館を発ち、勘九郎の待つ岩村城へ向かった。諏訪を通り、峠を越えて東山道の木曽路を辿る道である。

　一行は松姫の籠を中心に姫笠の女たち、後ろに荷駄衆を従えて前後を地元国衆の侍が固める。籠は黒塗り引き戸の長柄乗籠。前後の女たちは打掛と下の小袖を帯で締め、短く手繰った裾からは白い脚絆を覗かせる。揃いの桜色の打掛に姫笠が揺れ、歩くだけで華やいだ。

　輿入れ行列とは言いながら、公にしていないため目立たぬよう簡素なものになっている。その分、足が速い。領主国衆の挨拶もなく、国境になると侍たちだけが入れ替わり、峠道を越え、谷を辿って木曽へと入っていった。

　取次役である実兄盛信とは木曽で落ち合うことになっている。

　木曽は松姫の実姉真理姫が嫁いだ国であり、迎えた真理姫は思わぬ弟妹の再会に涙して喜んだ。特に今回は松姫の輿入れのようなもの。それも長年待ち続けた輿入れ。姉妹には積もる話があった。

「今宵は姉上と語り明かすことになりました。こちらには姉上の侍女たちが居りますから、楓、お前も部屋でゆっくり休みなさい」

　楓は松姫の配慮に礼を言うと屋敷裏へ下がったが休むことはせず、平左を呼び出して何やかやと指示を出していた。

　ここのところ輿入れの準備で目の回る忙しさだ。元々松姫の侍女は少なく、特に近しい者は楓しか居ない。外向きの支度は盛信が差配したが、姫の身の周りの品々は楓がすべて考えねばならなかった。

　楓は平左に言いつけて特に質のいい品々を揃えさせた。それには目利きが必要だが、平左は思いの外、目が肥えていて、松姫の好みに沿うものを取り寄せることができ、そのまま道中の荷駄衆差配として同行していた。その平左が楓の荷改めに付き合っている。

「ここ木曽は荷駄には慣れた土地。ご心配には及びませぬ」

　揃いの小袖に素襖を着け、見た目は侍風だが顔を見るといつもの平左だ。

「しかし筏に乗せて運ぶわけにもいかないだろう」

「おや、ようご存知で」と言ってから、見直すような顔を作り、

「筏に組んだ木材を荷運びの舟の代わりに使うことはありますぞ。しかし峠運びなどは馬を使います。ここは東国と京周辺の国々を繋ぐ道。喉仏のような場所。大昔から荷運びで潤った国ですから、荷駄には慣れています」そこまで言ってから、難し顔で続けた。

「このような山間では米の作れる土地は猫の額ほど、それも大水が出れば土ごと流されてしまう」

　楓は屋敷の外に目を向けた。壁のような山が辺りを囲い、その底に里が張り付いている。夜になると木々の香りや土の臭いが谷筋に降りてきて、山里は山気に沈むことになる。楓は山の匂いを吸った。

「だから木材なのだろ？」

「だから木材。それと荷駄商い。ここは美濃と信濃を結ぶ難所。武田と織田の境ですから、美濃と信

濃両方の品々が集まります」

「さすが平左。よう知っている」

平左は辺りに人がいないか見渡してから小声で囁いた。

「噂では、木曽様は織田領から木材の荷止めを受けているそうな」

楓も釣られて声を落とした。

「木材は木材座の関わり。領主国主がとやかく言うことではないだろうに」

「それが織田様のやり方でさぁ。領内の荷の動きは領主が握り、境国の関所では荷止めをする。荷が動かなくなるから小国は音を上げる。特に木曽は荷のやり取りで美濃の米を食っている国だから、荷止めをされたら立ち行かない。それが織田様の狙い。織田様の考えそうなことだ」

平左は伊賀と織田の戦を聞いてから、織田に悪感情を持っている。

「座のお陰で世の中回っているのに、それを自分の領地だけで回そうとしてやがる」と舌打ちをして、

「そうなりゃ、大国しか残らない。織田様の強みはそこでさぁ。兵粮米の強み。なんだって米に変えて数える。米が集まる仕組みができている。そして敵には米を渡さない。木曽様のように、です」

そこで言い過ぎたと首を縮めた。

「わしにはお国の事情は分かりませぬ。荷駄衆の話をお知らせしているだけ。ですが、そこから浮かぶことは木曽様も織田様も武田様も、思惑は大分違っているということでございます」

楓はこれから行く織田領のこと、岩村城のことを思った。

――織田の狙い、勘九郎の思惑、木曽の願い、松姫の夢、それらを抱えて松姫と勘九郎は逢う。長

い間に思い描いた幻を持って二人は相対する。心震える思いで楓はそれを見るだろう。驚き、喜び、戸惑い、そして恐れに落胆。どれもがあり得て、どれもが不十分な気がする。二人はどう感じるだろうか。

平左の居ることを忘れて考えに沈んでいた。

山の音が靄のように辺りを占め、そこに獣の声が尾を引いた。

顔を上げると、

「山犬？」と平左の声。

耳を澄ませていると、二度三度と遠吠えが追いかけた。

「山犬……、山犬だな」

楓は無意識に指で〝印〟を結んだ。それを目敏く見付けた平左が、

「楓様、そのような、そのような心配を。平左が術を掛けるなどと……」と情けない声を出す。

「癖だ。癖になっている。気にするな」

平左の言うのは幻術のこと。言葉には言霊があり、三度同じ言葉を続ければその言霊を呼び出すと言われている。諱の言霊と同じように、魔を振り向かせて人の正邪を炙り出すのだ。

忍びにはこの言霊を使った幻術がある。言葉を三度繰り返して心に言霊の根を這わせ、言われたとおりに操る術。だから術に掛からぬように、同じ言葉を聞いたときには〝印〟を結んで言霊を切る。

今のやり取りでわだかまりが残り、白けた気分のまま楓は荷駄の帳面に目を戻し、平左は山犬の声を聞いていた。しばらくするとその声も無くなった。燈明がジジッと鳴り、それを最後に辺りから音

が消えた。

無音の部屋に山気がしんしんと迫ってくる。

息苦しいほどの静寂は楓の息を細くし、時の歩みを遅くする。帳面を繰る手先も鈍くなり、いつしか動きをなくしていった。

楓は先ほどから詰まらぬことに心囚われている。

──〝山犬〟の言葉は二度だったか、三度だったか。

魔を切るように平左が声を出した。

「子守り山犬を知っていなさるか？」

そのまま話を向けてくる。

「神人仲間の茶飲み話でさぁ。聞いてみますか？　耳に何か入っていた方がお仕事に身が入りますから」

楓はひと息吐くと、勝手にしろと帳面を繰った。

「山犬は一族で暮らしています。多いときは十数匹。それが徒党を組んでおります。血族と言うのでしょうか。血の繋がる者同士。しかし若い雄犬は群れから離れて新しい雌を探します。そういうところは人と同じで、へっへへ。どこぞの群れから雌犬をさらって新しい家族を作る。ですが二匹じゃ碌な獲物は狩れん。そのうち無理した狩りで雄犬が死んだりする。すると雌犬はどうするか。一匹じゃ生きていけない。それで泣く泣く元の群れに戻るんです。別の群れかもしれません。とにかく入れてくれる群れを探す。犬の世界は順番が決まっています。一番から一番低い子犬まで。それはご存知で？

そうですか。それなら話が早い。強い奴から順番に戦う。戦うと言っても戻り犬は手出しなんかできない。手出しなぞしたら群れから追い出される。だから負ける。噛まれて尾っぽを丸めて負けるんです。そして次の下の犬と戦う。戦いというより儀式のようなもの。散々に痛めつけられて一番下の位置に落ち着く。一番下の位置って何か分かりますか？」

楓の手が止まり、目が動いた。

「子守りです。他の犬が狩りに出ている間、子守りをするんでさぁ。獣はみんな多めに子を生むでしょ？　弱い子供は死んで強い子だけが残る。だから多めに生む。でも子守りはその子供より低い位置なんです。弱い子が腹を空かせば腹の物を吐いて食わせる。自分が飲まず食わずで子を育てるんで。それで大概は死んでしまう」

そこで平左は声色を緩めた。

「群れで生きるものを揶揄する話。話の後は座者でよかったと言い合うんです。村寄り合いでも席の位置が決まっているでしょ？　それを崩せば大騒ぎになる。山犬と一緒だ。その点、座者は丸く座を囲む。真ん中に居わすは諏訪明神」

平左は自分のことのように胸を張った。楓は腹の底が冷えてきた。冷えて鳥肌が立ってくる。胃の腑を絞って吐く子守り犬の姿がまとわり付いて、いつもは聞き流す平左の話につい口が出た。

「お前とて、伊賀では土間にも席はない者だろう？　使い捨ての下忍。伊賀の子守り犬ではないのか」

「わしは隠居株を貰うからいい。わしの話ではないんじゃ」

顔を向けると平左が目を逸らす。

「わしのことではない。わしのことではないのじゃ。……楓様のことじゃて」

焦点が合わずに平左がぼやけた。

「わしはこの話を聞いた時、楓様の姿が目に浮かんだ。松姫様に仕える楓様じゃ。ぽつんとひとりぼっちのところがのう……」

言ってから、しまったという顔をして身を小さくする。

楓は目を戻し帳面を繰りだした。しかし文字が目に入らない。文字の間に畳目が現れ、その目を数えて心の揺れに備えていた。

——また始まる。

不意に襲われる叫び出したくなる淋しさ、そして不安。暗い闇の中でひとり宙に浮き、手足を広げても支えるものは何もない。体の感覚は無くなり、心は石になる。

しかし今夜は違った。

犬だ。平左の子守り犬が現れて、胃の腑を絞って吐こうとしている。そして鼻先を上げて楓を見上げた。涙を溜めた瞳は暗く、何も映さない。どこまでも闇の続く空虚な目。

楓は魅入られたように犬の涙目を見詰めていた。

翌朝、一行は木曽家に送られて川沿いを下っていく。

木曽の谷は深く、見下ろす谷底には白い川面が見え隠れして、見上げれば空は淡く霞んでいる。川を下るごとに春の気配は濃くなっていき、下った先、東美濃の里にはこぶしの花芽が膨らんでいるだろう。松姫たちはその美濃を目指して谷間の道を急いでいる。木曽駒、宝剣、空木山、下って摺古木山から大平峠を通って恵那山へと連なる、峻烈な尾根筋が横たわり、東に南信濃、西に木曽谷という二つの山里を分けている。松姫一行は木曽谷を下って尾根筋の尽きるところまで来ていた。

ここから先は山容が変わる。それまでの切り立った山峰が尽き、嫋やかな丘陵が重なる東美濃となり、その先の海のような濃尾の穀倉平野へと繋がっていく。濃尾平野が静かな内海なら美濃の丘陵はうねるような外洋であり、そこに突き出た岬が恵那である。

その岬の南端に岩村城が立っている。勘九郎の待つ城。

松姫たちは岩村城下を眺む峠まで来ていた。ここで遠山郷へ入る準備のため小休止となる。

姫も籠を下りて身支度を整えることとなった。若菜色の小袖にいつもの銀鼠の打掛、髪は白紙で包み組紐で結わえてある。女たちの整えた毛氈に座り、侍女たちが行う髪の手入れ、化粧直しなどに身を任せ、辺りに目を向けていた。

ここは日の当たる小高い丘。イチゲのつぼみが一面を覆い、ところどころに白い花が咲いていて、中に座る女たちは野遊びのよう。

松姫が近くの白いつぼみに触れ、やさしく愛でている。

「イチゲでございます。春を告げる草。一華と書くのでしょうか。一輪草の呼び名もあります」

横に控える楓が声を掛けた。

道中、姫は籠から外を覗き、気になることがあると籠窓から指を指す。それだけで楓には分かり、知りうる限りを伝えていた。松姫の目の動き、指の指し方で何を知りたいかが分かった。

今も、表情だけで名前の由来を尋ねている。

「ひとつの株にひと花しか咲かないから、なのでしょうか。春が進めば花も葉も枯れてしまい、その後は根だけで生きる。はかない花でございます」

横で聞いていた侍女が、

「姫様、咲いている花を摘んでまいりましょうか?」と腰を浮かせるのを、

「それには及びません。見ているだけがいい。と、姫様はお思いじゃ」と姫の視線を代弁した。

侍女は楓に目を投げ、ゆっくりとお辞儀をする。〝また陰口を叩かれる〞そう思い、ため息を隠すように横を向く。すると後ろに控えていた若い女と目が合い、女は迷いながら、

「それでは、これも……、これも摘まぬほうがよかったのでは……」と布に包んだものを押し出してきた。

布にはあふれるほどのフキノトウ。押した拍子に薄緑の若芽が毛氈にこぼれ、女たちから歓声が上がった。手に取り、匂いを嗅いでいる者も居る。見ているだけで青い匂いが胸に満ちてくる。

姫が煙る目で頷き、それを見た侍女頭が、

「たくさん採れましたね。良い土産ができました」と満足そうに二重顎を膨らませた。

姫も手渡された春芽を楽しんでいる。

「まだまだありますよ。いくらでも摘めます。もっと採りたいわ」

やはり山国甲斐の女たち、野遊びよりは春山入リの野摘みになった。

「姫様、フキは葉より花が先。春の菜はそういうものが多いようです」との楓の説明に、侍女頭がフキノトウの女を指し、

「あなたは鼻より歯が先ですね」とのお決まりで笑いを誘う。〝歯より食べる口でしょ〟と茶々を入れる者も居て、言われた女だけが分からない顔。その様子に笑いが起き、声が春野を渡っていく。

山陵はまだ寒々としているが、里では地は緩み草芽が顔を出している。皆の目が遠くの景色に行き、そのまま山上に向かう。つい目が行ってしまう。

山上に建つ城、岩村城である。

城は山の上に置かれた巨大な巻貝のように見える。見様によっては峰に巻き付く白蛇のようにも。そして午後の日差しを受けて石垣を白く輝かせていた。

――明日はあの城に登り、松姫様と勘九郎様は相見える。

楓たちが城を見上げていると、今回の取次役である盛信が馬乗袴を揺らし横に来て、姫たちと同じように岩村城を見上げた。

「ついに勘九郎殿とお逢いする時が来ましたな。まずは重畳」

仁科の割り菱紋を染め抜いた大紋姿が大きく伸びをする。

伸ばした体を回しながら山々の景色を楽しんでいる。

「今宵はゆるりと休まれよ。その前に」と顔を改め、

「野暮を承知で話しに来た。城下に入れば気軽に話す機会もなくなるのでな」言うと、後ろに控える女たちに目を遣った。

姫が楓に頷き、それを合図に女たちは座を外していく。楓だけが後ろに控えた。

「五郎兄様、何でございましょう？」

盛信が座るのを待って姫が促すと、

「何度も言っていることだが」と前置きしてから話し始めた。

「お主は勘九郎信忠殿の妻であり、武田方の交渉役でもある。が、勘九郎殿を調略しろとは言わぬ。腹の内を探ってくれればそれでいい。和与の手掛かり足掛かりになる」

そこで姫への一瞥。姫はぼんやりと聞き入っている。

「こちらの手駒は、源三郎殿のご帰国と四郎勝頼様の嫡男太郎信勝様への家督譲渡。信勝様は信長殿の外孫でもあるからな。織田家が源三郎殿と信勝様をどう見ているかが肝要だ。信勝様への織田家後見の受け入れなどという話が出るやもしれぬ。そのような話を聞いても顔に色を出すな。聞いて、ただ驚いておればよい」

姫は小さく頷いた。

「分かっております、兄上。信勝様のご生母はここ遠山在の繋がり。その方が亡くなられた後に、織田家との新たな結びとして私の輿入れになったと聞いております」

「この遠山でお主らが会うのは……、ちと気になるが」

楓もそれが気になっていた。誰もが思うが口には出さないこと。盛信の懸念は岩村城である。

ここ遠山郷は武田織田の国境にあたる。

強国の狭間に生きる先方衆として、織田と武田に両属していたが、織田は岩村遠山家に信長の叔母艶姫を嫁し、更には信長の息子を養子に入れた。当然後見役を連れてである。乗っ取りと言っていい。

武田は反抗に出る。武田の秋山虎繁が岩村城を囲み、寡婦となった艶姫を調略して養子の御坊丸を質に取った。今の源三郎である。秋山は城代となり艶姫を妻として子まで生した。

信長が許すわけがない。

長篠の戦勝を駈って岩村城を大軍で囲んだが、守りに強い城である。勝頼の援軍を待ち、耐えに耐えたが飢えには勝てず、秋山は開城を決断し艶とともに処刑され、残る城兵も騙し討ちにされた。その攻城を行ったのが勘九郎である。

信長の養女である遠山在の娘から始まり、織田の艶姫と武田の秋山虎繁、源三郎に勘九郎、そして松姫。様々な縁がこの城で交錯する。

「まあ！」と姫は驚いて見せ、

「五郎兄様もそのようなことを気にされるのですね」と目を輝かせた。

盛信は笑い頷き、

「そうだ。そのように驚くのだ。松は賢い」そして笑いを納めると、

「松の言うように、城の因縁話など探ればいくらでも出てくる。この岩村城は勘九郎殿が大将として落とした出世城でもある。殿にとって縁起のいい城。詰まらぬことを言って話を逸らしたな。わしの言いたいことは他にある」と声を正した。

「この和与に松のことは入っておらぬ。わしはそれを使おうとも思わぬ。それがどういうことか、分かるか？」

姫が小首を傾げているので、〝お前はどうだ？〟と後ろに控える楓に目を向けてくる。突然のこと

に驚いて、小さく畏まっていると姫の声がした。

「取るに足らぬことだから？」

「すでにお前は勘九郎殿の妻だからだ。武田の者ではない。勘九郎殿の横に座れば織田者となる。言っていることが分かるか？」

松姫はぼんやりと困った顔をした。その顔に、

「先ほど言ったぞ。こういうときは驚くのだ。驚いて訊き返すのだ」と笑い掛ける。

「私は武田に戻らないのでしょうか？」

盛信は満足げに頷いた。

「そうだ。このまま織田に行ったとしても武田家に関わりはない、そういう意味を込めている。だから松も源三郎殿のことや、その他諸々のしがらみで武田に戻ろうとしなくていい。勘九郎殿は相当の人物と聞く。松が帰りたくないと言えば手立てを考えるだろう。そう思ってよい」

姫が口を開こうとする前に言葉を継いだ。

「わしは別れを言いに来た。お前は小さい頃から腹の座った子だった。その美しさで皆、見誤るが、わしなどはお前が男であればと何度も思った」

そして小さく呟く。

「辛い日々をよう耐えた」

松姫は顔を上げて兄を見ようとした。が、盛信は顔を背けている。

「その太肝でお前の道を生き抜け。それだけだ」

言うと背を向けて立ち上がり、そのまま空を見上げた。ひばりが高くで囀り合っている。楓は鳴き声を追うように体をずらし、二人を見ないようにした。

岩村遠山の郷に入ると織田衆へ荷駄の引き渡しを行う。ここで盛信たち取次と松姫たちを残し、他は武田に戻ることになる。

平左も別れの挨拶に来た。

二人は人から離れ、荷駄数を数えながら物陰に紛れた。

「楓様、お世話になりました。平左は甲府に戻ってお待ちしております。おっと、お待ちしているは変か。楓様はこのまま織田様のご領内に留まるかもしれませんからな」

下げた頭を楓に寄せ、

「ここに来ても頭目からの繋ぎがありませぬ。ないということは、織田とは手切れになったと見ていいかと」そう小声で囁いた。

「……捨て忍、か」

楓の呟きに、平左が指で印を切った。

「言葉にされるな。まだ決まったわけではないのじゃ。ただ……」と早口で続け、

「織田は敵であろうの。しかし平左の腕ではお城には入り込めませぬ。城内では気をつけなされ」

「私もそれを考えていた。そこでだ、平左」と白髪頭に目を遣った。

「お前は伊賀に戻れ。戻って私の繋ぎを整えろ」

思わず平左が顔を上げる。

「しかし、下忍が勝手に伊賀に戻ることはご法度に背くので――」

「これは私の判断だ。織田の城に入れば、お前の繋ぎは叶わぬから別の繋ぎを依頼したい。それを伝えるための使いになれ。ご法度を破る責めは私が負う。お前は胸を張って伊賀に戻ればよい」

平左の顔に徐々に喜色が広がっていく。

「本当でございますか、楓様。わしは伊賀に帰れる。隠居株が貰える」と小躍りしそうになる。

「恩に着ます。ありがとうございます。わしのことを気に掛けてくださっていたのか」

平左は拝むように頭を下げた。

「目立つ動きをするな。ここが織田領であることを忘れるな。これは私からの申し付けだ。そのことをわきまえろ。いいな」

「分かっております。楓様のご命令で伊賀に戻る。わしは株欲しさに帰る訳じゃない」

「織田の荷駄方にお前の話は通してある。一緒に美濃へと行き、そのまま人に紛れろ」

そこで楓は目を上げた。

「平左、世話になった」

一瞬、平左と目が合うがすぐに目を逸らす。十二の歳から十年、すべてが初めての異郷の地で平左はいつも隣にいた。楓の胸に思い出が押し寄せて、流されそうになる気持ちを無意識に逸らした。

「織田領を行けば、お前に織田の横目か影目が付くと思って間違いない。充分に気を付けろ」

平左も頭を下げたまま上げようとしない。楓は平左を残し、足早にその場を立ち去った。

岩村城下の屋敷に入り、夕餉が済むと女たちは松姫の部屋へ集まり姫の化粧を始めた。明日の勘九郎との対面、そして寝所での化粧の試しである。

白単衣の上に厚手の小袖を肩に掛け、座る松姫の周りを女たちが囲む。

紅筆を構えている者、白刷毛を整える者、ああだこうだと指図する者、松姫の美しさを褒めそやす者。楓は少し離れた場所から、姫の周りを鳴き騒いでいる女たちを眺めていた。

「姫様は肌が白く細やかでございます。ほら！　白粉が負けてしまいます」

「その分、紅は映えますこと」

「しかし明日はお披露目。決められたように塗るのが礼儀というものです」

「化粧で美しさを損ねても、ですか？」

「武田の女は化粧もせぬのか、と侮られてしまうぞ」

「武田の女は化粧を知らぬのか、と笑われねばよいのですが……」

「私が化粧を知らないとでも――」

「止めなさい。お二人とも」黙って聞いていた楓も口を出した。

松姫の化粧の好みははっきりしている。しかしそれを口には出さない。出さずに楓へ目を向ける。それで伝わり、松姫の言いたいことを代弁した。代わりに伝えているだけだが、女たちには楓が権勢を振るっているように映るので、なるべく目立たないようにして、そして決まったことだけを口にした。

「白粉はぼかしにしましょう。ここと、ここは弱く。紅は細く、目元の紅には墨も引きます。これでよろしいでしょうか？」

姫は小さく頷いた。

「次は寝所化粧にしましょう。早くしなければ夜が更けてしまいます」

楓は女たちを急かした。

寝所化粧では女たちも声を落とす。これは勘九郎ひとりのための化粧。そして勘九郎が化粧を見る場面を話さなければならない。先ほどの化粧が顔なら、寝所化粧は体である。

帯を解き小さな丸い肩を出して前を寛げる。女たちは値踏みするように姫の体へ目を向けたまま、〝白粉はどこまで施せばよいか〟〝部屋の灯りはどれくらいなのか〟〝乳首に紅を刷いたほうがいいか〟しめやかに囁き合い、そして試された。そのたびに松姫は楓を見る。

寝所化粧の答えは簡単で、松姫の表情はすべて〝否〟。

化粧は施さないと決まり、女たちは名残り惜しそうに道具を仕舞い、姫の部屋を後にした。部屋には松姫と楓の二人。

「すこし、いいですか？」

夜具を整える楓に姫の声が掛かる。

何でございましょう、と姫の前に座り直した。

「子の生し方についてです」

姫の繕わない言葉に目を上げたが、そのままゆっくりと微笑んだ。

「不安でございますか？」

楓は自分の言葉に頷くと、

「不安でございましょう。その不安を除くのが楓の務めと心得ております。絵図などを用意してありますから。これから始めましょう」と腰を浮かせた。

「それは……、前の乳母に教えていただきました。婚姻の約定が成った時に」

楓はもう一度頷いて、

「それでは殿方の心根？　そういうものでしょうか？　特に閨では女子とは違います。そうですね。姫様が眠りにつくまでの間、殿方の心のあり様などをお話しいたしましょう」と膝を進めた。

姫はめずらしく焦れて首を振り、

「そうではない。私の知りたいのは子を生す術です」今度は言葉を続けた。

「楓は源三郎様と外で逢っているとのこと。いえ、いいのです。子ができると困るとは思いましたが、お二人には考えのあってのことでしょう。そう思っておりました。しかし、楓には子はできませんね。なぜでしょう？」

楓は身を固くした。

「織田から遣わされた女たちの中で楓が力を持っていたことは知っています。女たちの目の動きで分かりました。その女たちが織田に帰ってからも楓はひとり、私の元に残りました。なぜでしょう？」

動きを止めて姫の意図を探った。

「いいのです。素性をとやかくは申しませんし、楓の身のこなしを見ればおおよそのことは見当が付きます。そのような楓であれば、子を作る体術、子を生す方法も知っているのではないか、そう思いました。私は子を作る術を知りたいのです」

松姫の望んでいるものが分かってきた。しかしその訊き方に凄味がある。突然、大鉈を振り下ろすような訊き方だ。楓はゆっくりと目を上げ、

「お殿様の子供を宿したいと……」

姫が頷く。

しばらくの間見詰め合っていたが、身仕舞を正すと姫の前で頭を下げた。

「お尋ねのこと、知りうる限りをお教えいたします」と口にしてから言葉を探す。

「女は皆、……」言葉とともに目を向けると、姫が頷き返す。

「月を、空の月でございます、その月を、己が体内に持っております」

初めは手繰りで、すぐに言葉が滞りなく流れ出てきた。

「侍に守り本尊があるように、女にも自分の月がございます。それは少しずつ変わります。〝月の穢れ〟が来る時、それが新月でございます。ここから数えて満月に近づく頃、女は満ちます。その時分に胤を受ければ子が授かる、そう聞いております。今の松姫様なら……立待ち月、もうすぐでございます」

「月、満月、女の満月……」

姫は覚え書くように口元で繰り返していたが、顔を上げると次の問いをした。

「男子を授かるには？」

楓は首を捻り、

「それは難しゅうございます。楓もしかとは申し上げできませぬ。できませぬが……」と言い淀み、

「取り上げ婆の話として聞いたことがあります。少し下世話な言い様をいたしますが、聞いたままを話しましょう」とひと息置いた。

「まずは充分に濡れること。殿方を迎える前に身も心も濡れて蕩けていること。そして愉楽に身を委ねること。寝所の女に羞恥は鬼門です。この時限りと思い殿方を迎え、迎えたときには体の奥まで受け入れるのです。すると頭の中に暗い穴が現れる。そう、暗闇の穴でございます。その中に飛び込む。怖くても跳び込む、そう申しておりました」

「暗い穴……」

姫はぼんやりとした表情を見せた。

「楓はその穴を見たことがありますか？」

目を落とし、

「時折……」と小さく呟いた。

「飛び込んだことは？」

「ありません。跳び込んだら己が己で無くなる気がして……、尻込みをしてしまいます」

そのまま声が消えた。松姫は思いの淵に沈み、楓は波立てぬよう動きを止めている。

遠くから川の流れ、水の音が聞こえてきた。

楓の物思いが姫の言葉へと流れていく。

新館には楓以外にも姫の世話をする女たちが居る。風呂の手伝いから髪の手入れ、その者たちから源三郎と楓の関係を聞いたのだろう。そこには嫉妬があるかもしれない。源三郎を得た楓への嫉妬。女の喜びに対する嫉妬。それは女たちばかりでなく松姫のものかもしれない。

楓は松姫に言いたかった。気ままに動いているのではない、姫のためにしたことでもある、と。そしてそれが暗い穴の前で躊躇させる。

〝躊躇ではなく節度なのです〟

そう言いたかった。

しかし、穴に飛び込もうとしている姫を見ると心が揺れた。川の音が楓の体の奥深く、暗い穴から聞こえてくるようだ。

――自分は今、怒ったような悲しいような顔をしているだろう。

源三郎の言う楓の顔だ。

「私は」と、姫の声がした。

「このまま織田に入るかもしれませんし、武田に帰ることになるかもしれませぬ。どちらにしても岩村城に居る間に子を生そうと思っています」

楓も固い姿勢に戻して、

「姫様はどちらをお望みでしょう？　このまま織田に残るか、武田に戻るか。楓は姫様のお望みが叶うように努めます」と顔を上げた。

姫が考えている。考える様子がぼんやりした顔になった。

「どちらでしょう？」と煙る目をした。

「勘九郎様が確かなお方なら、私は武田に帰ります。武田に居れば織田とのお話合いに役立ちますから。しかし、もし勘九郎様がお心根の弱い方でしたなら、私は織田に残ったほうが武田の役に立つと思います」

――お殿様の心根で自分の行く末を決めようとしている。夢や憧れをすべて武田の和与へと向けている。

姫の言葉が続く。

「私が織田へ行ったとしても、勘九郎様とそうそう逢うことは叶わぬであろう。子を生すなら今、ここ岩村城がよい」

岩村城を思うのか、切れ長の目は動かない。


翌朝、出立前に少し揉めた。

武田方は姫籠で岩村城に入るつもりでいたが、織田からは馬が用意されてきた。城下の館からは胸を突くような急坂の登城道が真っ直ぐ延びていて、確かに籠では難儀する。下手をすると籠ごと転ぶかもしれない。そのような配慮と思われるが、輿入れの姫を人目に晒すことになる。武田方が渋っていると松姫が馬に乗ると伝えてきた。すでに馬乗袴に着替えて、織田の用意した見事な栗毛を見入っている。

松姫は乗馬が好きだ。得意でもある。馬は綺麗に飾り付けられ、つややかな毛並みを光らせていた。

「殿の愛馬でございます」との織田者の声に、姫は馬の首を撫でた。

馬の脚なら確かに早い。ぐんぐん登っていく。登るごとに景色が開け、館の屋根から岩村の郷、そして遠くの山並みまで見下ろすことができた。

姫は笠を付けているが馬の高さであり、馬の歩みで笠が揺れ、顔隠しの薄布から姫の顔がこぼれる。それを垣間見た織田の者が目配せした。溜息とも驚きともとれる息遣いが織田の供回りに広がり、者どもの視線を一身に集めて松姫は城門まで登っていった。

下馬所で馬を下り、膝を付いて迎える侍たちから挨拶を受けると、広い階段を登っていく。姫は用意された籠を断り、皆と一緒に頂上に建つ本丸へと歩を進めた。

左右に屋敷や櫓が現れ、山の斜面に沿って段々畑のように建物が建ち並んでいる。途中に遠山一族の祖、加藤景廉公を祀る八幡神社があり、一行はここに立ち寄り参拝した。

更に進むと見上げるような石垣が現れ、その上に岩村城本丸が見える。

山上の天地は広く、空の青に石垣城が浮いている。近づくごとに石垣がせり上がり、覆いかぶさるように天へ向かってとそそり立っている。楓は喉を伸ばして見上げてみたが、それでも城の軒しか見えなかった。軒が見えてからも城の周りをとぐろのように旋回し、いくつもの曲輪、出城を眺めてから、やっと本丸門に辿り着くと、息を切らす女たちを従えて館の中へ入っていった。

「遅うございますなぁ」

侍女が一人、誰に言うともなく呟いた。

四方を杉の板戸に囲まれた狭い部屋で、姫たち一行は呼び出しを待っていた。板戸には何の細工も彩色もなく、黒い板目を見せて囲んでいる。

盛信たち武田方と織田衆との挨拶が続いているのか、何か談判が為されているのか、もう日が傾いている。いつ声が掛かってもいいようにと準備を整えたまま、すでに一刻は過ぎている。廊下を渡る足音を何度か聞いたが、姫たちの部屋から離れていった。

姫は大胆に染め上げた伽羅色の大袖に、松柄の焦緋の帯を締め、帯紐は金糸の組み合わせ。髪は大すべらかしにして両鬢を油で大きく膨らませてある。黒々として艶のある髪。油の匂いが艶を引き立てる。

色打掛は撞木(しゅもく)に掛けてあった。

楓はそれを見るたびに時を忘れてしまう。裾から朱鷺色に染め上げて上に行くほどぼかして曙を表す。松葉を模した模様を抜いて左右には鶴亀が、そして重なるように松竹梅の模様が刺繍と染めで浮き立てている。

板戸に彩色が無くても、この打掛が一幅の彩色画となって部屋を明るくさせていた。

打掛を眺めて更に一刻。夕闇が迫る頃、

「ご準備はよろしいでしょうか?」と戸の向こうで声がした。

姫が立ち、頷くと戸が開く。

平伏した小姓が更に頭を低くし、松姫の近づく気配にするりと前に立ち、そのまま先導していく。

楓は侍女頭とともに後ろに従った。二人も姫の衣装に合わせ、伽羅の小袖に焦緋の帯、朱鷺色の打掛を広げる。

楓はこのような衣装を身に着けたことがなかった。自分には似合わないと諦めていたし、今も恥ずかしい。しかし立ち上がって、侍女たちの羨望の目を受けると満更でもないと思い直している。

〝楓様が一番じゃ〟

胸の内で平佐が囁いた。

一行は静々と廊下を渡り、板床の大広間へ出ていく。

視界が開け、目を上げると居並ぶ男たち、その先にこちらを見ている若者が居る。楓は一瞬を目に焼き付け、その後は顔を伏せたまま前に従って歩いていった。

広間に入ってからは松姫の衣の裾を見続けている。障りがあればすぐに直さなければ、と思い続け、先ほど焼き付けた広間の様子を繰り返し思い出しては、そこに歩いている自分の姿を描いていた。

導かれるままに勘九郎の前まで来て、姫が座るに合わせて打掛の裾を直す。髪の形に目を遣るとその先に若者が見えた。

すぐに目を外す。それだけで動機が早鐘のように鳴り、周りに聞こえないか心配になった。

目の前に広がる黒髪を整えていると、自分の振分髪が気になってきた。後ろ姿に男たちの視線が集まっている。松姫の黒々とした髪の前に、茶色の癖髪。そう思うと急いで横に控えた。

この後は松姫の挨拶となる。

二人で何度もなぞった口上。最初の一言が大事です、楓はいつも言っていた。しかし今、楓は最初の一言を思い出せないでいる。冷たい汗が流れ、緊張で辺りが暗くなった。

そこに松姫の声。遠くに聴く神楽鈴のよう。

息を吐くと全身から力が抜け、安堵が潮のように満ちてきた。勘九郎の顔を目の端に捕らえる余裕さえでき、まだ輪郭しか分からないが源三郎に似ている気がする。その顔が頷くと、小姓が姫を勘九郎の近くに座らせ、楓たちは急いで衣装を直してから部屋の端まで下がっていった。

ここまで来ると楓も落ち着いて勘九郎を見ることができる。

——やはり源三郎様に似ている。しかし源三郎様より男顔。目と口元に切れがある。

その顔が男たちの挨拶に応えている。男たちは次から次と勘九郎の前に進み挨拶を述べ、横に座る松姫に向かい、名前を言い、祝いの言葉を足した。姫が目を上げると男たちは一様に驚き、その後は目が泳ぐ者、食い入るように見詰める者、意味もなく笑う者と様々であった。一段先の勘九郎は顔を前に向けたまま座り、何の気配もない。

挨拶が済むと松姫たちは元の部屋に戻された。

部屋には豪勢な夕餉が用意されていて、控えていた女たちから式がどのように行われたかを口々に訊かれ、随行した侍女頭がそれに答えている。

「祝言のようなことをするかと思いました」

不満の色が付かぬように小さく呟く者も居るが、

「すでに祝言は済んでいる、そういうお見立てではございませんか」と他の者が覆いを掛けた。

女たちは笑ったり頷いたり首を捻ったりと忙しく囁き合っている。

「楓……」と姫の小さな声。

「お殿様はどのような方でしたか？」

「ご覧にならなかったのでございますか？」

「胸が詰まって見ることができませんでした」

楓はゆっくりと微笑み、

「たいへんな偉丈夫でいらっしゃいます。源三郎様に似ているような。優しげなお顔をして——」

「姫様」と一緒に従った侍女頭が口を挟み、

「お顔に騙されてはいけませぬ。過日の岩村城開城の折には、武田の城兵を騙し討ちにしたお方ですぞ。そのこと、お忘れ無きように」そう言うと、騒ぐ女たちを差配して姫の食事準備を始めた。

「まずは毒見。それからいただきましょう。姫様、よろしゅうございますか？」

「喉を通りそうもありません」

「いけませぬ。無理しても食べなくては。これからが女子の戦ですぞ」

侍女頭は自分から毒見を始めた。

五

勘九郎は松姫と向かい合って座っている。

二人とも絹の単衣に帯を前に締め、形通りの挨拶が終わったところだった。燈明が音もせず燃え、二人を白く浮き立てている。

ここは二の丸館の塗籠寝所。壁は厚く、中には竹を組み頑丈な造りとなっている。羽目殺しの小さな窓。塗壁には細工が施してあり、話す声は響きもせずに消えていく。

防御のための塗籠造りだが、勘九郎には繭を思わせた。

繭の中で二人が静かに息づいている。燈明の灯りがわずかに揺れ、勘九郎が口を開いた。

「疲れましたか？」

姫は顔を伏せたまま、

「……少し」と小さく声。

二人の声が天井に消えていく。燈明の灯りで影が揺れた。

「〝天井板に馬を思わせる模様があります〟覚えておいでか？」

「……恥ずかしい」

「姫の文にあった。夜、燈明が揺れると野を駆けているように見えて、良い夢が見ることができる、と」

「殿の文には、〝私は馬となってあなたの夢を駆けてみたい〟と」

「覚えておらぬな。そのようなことを書いたか」

「登城のお馬、ありがとうございました」

「姫が籠で登城すると聞いてな。あの坂は籠では危ない」

「姫というお呼びは……」

「そうか、そうだな。それでは——松、でどうだ」

頷く気配がする。

「では松。松か……。〃いつまでも殿を思ってお待ちする、変わらぬ想いの松〃」

「……恥ずかしゅうございます」

姫は身を縮めた。

「松の文は何度も読み返した。何度も。何でも覚えているぞ」

「それでは……あのお馬の名前は？」

「馬の名？　馬は私の馬だぞ」

「馬の名を教えてくださりませ」

姫の切れ長の目が煙っている。見惚れる自分に気付いて目を逸らした。

〃私は身の周りの物に松という名を付ける。そうすればいつも松の名を呼べる〃文に書いた覚えがある。

「忘れたな。それも覚えておらぬ」

姫の目が笑っている。

——思いの外、勝気な女だ。

膝の上に揃えている松姫の手に、勘九郎は自分の手を重ねた。淡雪のように柔らかい。手を握らずに重ねたままでいた。松姫は不思議なものを観るようにじっと勘九郎の手を確かめている。目の前に黒髪があり、髪の匂いがした。匂いが記憶を呼び覚ます。

「夢を……。夢で見た覚えがある」

黒髪に呟いた。

「私は呼び掛けてみた。〝松〟と」

姫は動かずにじっとしている。

「松、松と」

ゆっくりと姫が顔を上げた。松の顔で曖昧だった夢がはっきりと形を成してくる。

「そして声が……松の声がした」

姫は白い喉を反らし、小さな顎を勘九郎の口元まで伸ばす。目の前に姫の顔がある。目に自分が映っている。更に近づいてきて吐息が口元を撫でた。

〝かんくろうさま〟

夢と同じように抱き寄せた。そこには甘く息づく姫がいる。確かめるように強く抱きしめると、柔らかな部分が勘九郎を包み込み、匂いが胸の奥まで広がった。二人の体は捻じれ、重なり、溶けていった。


翌朝、勘九郎は重臣河尻秀隆に松姫を引き合わせた。

床の間を背に素襖姿の勘九郎が座り、左右に河尻と松姫。格子戸からは光が入り、気は清々しさに満ちている。光が帯を引いて姫の小袖と銀鼠の打掛を照らし、大紋を着けた河尻は背に日を受けて顔を影にしていた。

河尻は織田家古参の家臣で父の信頼も厚く、その父の命で勘九郎の家臣となった。勘九郎が織田の家督を継げたのもこの男の力が働いたと言われていて、当然ながら、勘九郎はこの男に頭が上がらない。

今はここ岩村城の城主であり、松姫との顔合わせにこの城が選ばれたのもそういう理由があった。

姫の挨拶の後、河尻は寿ぎの言葉を並べてから甲府の話を始めた。言葉の端々に、勝頼との関係性、勝頼の嗣子信勝の様子、武田の内情を探ろうとする意図が見え隠れする。勘九郎がいくら目で抑えようとしても、知らぬ顔で若い姫に舞い上がって話し続ける爺を演じている。

「そうでございますか。上様のお孫様はそのような偉丈夫になられましたか。元々武田様の家督を継がれておられるお方ですからな。元服されたのは……、そうですか。先頃ですな。姫様とのお顔合わせの前とは……、吉事は繋がるものですな」

河尻は武田信勝のことを言っている。その元服が織田への気遣いだとも分かっているし、源三郎が側近になったことも耳に入っている。

姫がそれに応える。

「元服された太郎信勝様は英明な方、さすがに上様に繋がるお人でございます。家臣側近も心ひとつにして仕えております。兄勝頼も肩の荷が下りたことでしょう」

姫は河尻の問いに距離を取りながらも、家臣の心情、織田の血を引く信勝を立て、自分が武田家に精通していることをほのめかしている。自分の言いたいことだけを告げ、それ以上は何も臭わせない。

「殿とのお引き合わせ、このように遅れてしまい申し訳ございませぬ。この河尻が悪いのでございます。武田様がどのようにお考えか分かりかね、ついつい遅れてしまいました」

交渉相手は自分だと言っている。勘九郎は横を向いた。

「まぁ、驚きました。そのようなことをお気にされていたのですか。武田の考えはひとつ。織田様との和親でございます。その証しでお殿様とお逢いでき、これ程の果報はございませぬ」

「武田様の証しで姫様のお美しさを拝むことができたのですな。目冥利、命冥利というもの。物持ちの武田様のことです。他にも様々なものをお持ちなのでしょうな」

暗に源三郎のことを言っている。

「証しは多ければ多いほどいいでしょうね」

「ほお、他にも証しが？」

「まぁ、そのようなお顔をされて。ただ言ってみただけでございます」

河尻はなんとか源三郎の帰還に話を持っていきたい。しかし先に話を出すのでは、それが後々の弱みとなる。細かい交渉術だがこういう細部にこだわるのが河尻だ。しかし姫も容易に腰を割らずに、河尻の老練さを跳ねるような若さでかわしていた。

はじめはハラハラ聞いていた勘九郎だが、今は二人のやり取りを楽しんでいる。

「姫様にはこのまま織田家統領の室として岐阜にお越しいただきとうございますが、ひとつ懸念がありまする」

「それは何だ？」

勘九郎は思わず二人のやり取りに口を挟んでしまった。河尻は聞こえなかったかのように姫に言葉を向ける。

「姫様は惣領家の室でございますれば、織田家すべての母となりまする。しかし織田の血を引く者は、ほれ、武田家にもいらっしゃいます。その方を残したままでは姫様のお心が晴れぬのではないかと……」

姫が煙るような表情を向けると、河尻にしては珍しく恥じ入る顔になり体を小さくした。

「源三郎様のことでしょうか？」

「そう、その織田源三郎様のこと。織田と武田のわだかまりになるのではと、年寄りはつい気を回してしまいます」

「源三郎様は健やかにお過ごしです。安土の上様にお目通りが叶ったならさぞお喜びなさるでしょう」

「ほお、そのような吉事は――」

「そのためにも和親を固いものにしなければ。河尻殿、そなたが頼りじゃ。よろしく頼みまする」と頭を下げた。勘九郎は松姫のしたたかさに舌を巻いた。

源三郎を間に挟み、二人が駆け引きをしている。

河尻は源三郎を帰さなければ和与は進まないと言い、松姫は和与を始めて状況によっては源三郎の帰還も可能と言外に臭わせている。盛信とも談判をしている河尻は、盛信と松姫との考えの差異を突こうとしたが、源三郎の臭いだけを嗅がされてそれで満足せよと言われたようなもの。

河尻の顔を見ると、梅干し顔が更に塩辛くなっていた。

働き者の勘九郎は朝早くに起きる。

昼前までに書見を済ませ午後は謁見や武田との談判、そして織田家中の動きや状況を聞く。戦線を拡大している織田勢は各地で戦を行っていた。織田を継いだ勘九郎には後詰めの役割もあり、いつ出撃要請があってもおかしくない。世情にも目を光らせねばならないし、他領の動きも調べておく必要がある。やることはいくらでもあった。

その間に、馬を攻め、弓を引き、相撲を取り、昼餉を近習と済ませ、夜には酒を飲み、能を舞うのだ。寝所に入るのはその後。それでも勘九郎は若く、何度も松姫を御した。松姫だからこそ、かもしれない。肌理の細かな姫の体は勘九郎と馴染み、蕩けるように包み、そして激しく押し流す。泳ごうとして姫の体に何度も溺れた。溺れ流された先で淀みに着くと、そこで揺蕩いながら水面へぽっかりと浮かぶ。浮かんだ先で目にするものは、秋の空や夏の木陰、冬の月や春野を駈る馬。二人で交わした文の思い出を耳元で囁き合うのだった。

そういう日が七日も続いた後、勘九郎は朝の攻め馬を休んで河尻の小言を聞いていた。

「松姫様とはお会いするだけ、そのように伺っておりましたが、このように長逗留になるのなら、それなりの準備が必要ですぞ」

「ここでも岐阜と同じことをしている。何も怠ってはおらぬ」

「そういうことではございませぬ。あなた様は織田家当主。軽々しく扱うことはできませぬ。特に伊賀の乱以降、かの喇叭(らっぱ)が御身に危害を加えるとの噂もあります。ここは何かと緩うございますれば、交渉事は私めに任せていただき、殿は一旦、岐阜のお城にお戻りになられてはと」

河尻は遠回しに、姫をどうするかを探ろうとしている。

「松姫様とは寝所で長いことお話しされているとか。お分かりとは思いますが、武田の姫ですぞ。そう考えてお言葉選びをされているとは――」

「分かっている。話していることは昔交わした文のことだ。文の言葉を追っているだけ。今の話はしていない」

勘九郎たちは思い出話だけをしているわけではない。姫の今後も話していた。

河尻との事前の話では、松姫と会い、これを手掛かりに源三郎の引き渡し交渉を始める。和与など最初から考えていない。源三郎と松姫、両者とも織田方に渡すとなれば武田も抵抗があるだろう。そのためには姫は武田に帰した方がいい。

しかし勘九郎はこのまま姫を貰い受けたい。そして武田の取次である五郎盛信もそれを可としている。時が来れば織田と武田は戦うことになるだろう。一度帰したら松姫を取り戻すことは難しくなる。

織田の考えは、甲江和与の噂だけ流して北条家を織田に取り込み、上杉の鉾先を鈍らせる。そしてその間に源三郎を織田に戻してしまう。〝武田を使えるだけ使え〟、父の声が聞こえる気がした。

河尻の声が父の声と重なる。

「言葉遊びですか。言葉なぞ道具のようなもの、うまく使われるがよろしいでしょう。その言葉で源三郎様のご帰還を頼みましたか？」

「いや、松には武田に帰れとは言っていない」

「それでは、武田との和与など見せかけだけと言われたか？」

「そうも言っていない」

「困りましたな。殿はどちらの姫様を選ぶのですか？　武田の松姫か？　織田の御正室か？」

「松は松だ。私の松だ」

「そう仰せになっても……。どちらかを選ばなくてはなりませぬ。武田の姫ならやらねばならぬことがあるし、織田家の室なら受け入れねばならぬことがあります。それが人の世。厳しいことを申すようですが、安土の上様はご自身にもそれを課しておいでです。そしてそれを敵にも、お味方にも求めます。お世継ぎの勘九郎様にもそれを望まれると」

「そう言われたか？」

「いえ。これは私の推量でございます。しかし、思いますに」と勘九郎を眺め、

「殿のお気持ちはすでに決まっているのでは？」と三白眼を向ける。

「……」

「帰したくないのなら織田の本性を伝えれば済みます。織田の考えを知った者を武田へ帰すわけにはいきませぬ。つい口が滑った、そう言って上様に阿呆呼ばわりされればいいだけのこと。それをしないのは松姫様を武田に戻そうとお考えだからでは——」

「武田に帰せば、松とは二度と会えなくなる」

河尻は表情を消して座っている。そのまま会話が途切れた。

勘九郎は意地になって黙っている。河尻も先ほどまでの小言が嘘のように口を開かない。

遠くで人の声がした。その後に馬の嘶き。誰かが攻め馬でもしているのか。勘九郎の気が外に向い

たのを捉えて河尻が口を開き、

「そうですな。織田の武田攻めの時には、人質として武田方に殺されるやもしれませぬ」それだけ言うと黙って頭を低くした。その頭を睨み付ける。

こうなると勘九郎も信長の子、曲がった臍は戻らない。二人とも押し黙ったまま時が過ぎていく。耐えられなくなったのか、河尻がコホンと空咳をして別のことを言った。

「ひとまずは、近習に腕の立つ者を加えました。伊賀の噂が気になりますからな。二の丸館の奥事にはこの者を配します。小姓の佐野慎之丞も腕は立ちますが、一人では心許ない。よろしいですな」

最後の〝よろしいですな〟は、松姫のことを早く決めろの意味もある。勘九郎は横を向いた。


楓が塗籠寝所の控え間に座っている。

殿様付きの小姓が一晩寝ずの番をする部屋である。松姫が寝所に居る間は楓もここに控えていて、伽が済むのを待つことになる。寝所で見聞きしたことは決して口外してはならない。そう教えられ、それができる者が選ばれていた。

楓の前に座る小姓はその型にはめて押し固めたような男だ。未だにこの男の声を聞いたことがない。所作も辛うじて分かる程度。能面のような顔を前に向けたままピクリとも動かず座っている。

控えるだけの部屋は幅が広く丈が短い。厚い板戸で寝所次の間とは区切られて、一段下がった板の間は何の装飾もない、ただ座るだけの部屋。しかし綿の入った敷物が用意されていて、長く座っていても疲れなかった。灯りは低く置いた小さな燈明だけ。小姓は藍下黒の素襖を闇に沈ませ、白い顔だけを宙に浮かせている。

　これだけ静かな部屋では音を消す塗籠寝所からも微かに気配が漏れてきて、二人はそれを聞くことになる。若い夫婦の秘め事を、息を殺して聴いているのは愉快なことではなかった。

　しかし今夜から男が一人加わった。

　青鈍の素襖に細身小袴を着けて、太い脛を見せている。厳つい体に髭面を載せ、大きな目が忙しく動く。動くたびに音がしそうだ。赤黒く日焼けした顔は控えの間には場違いで、それを気にしてか落ち着きがない。そしてよく喋る。ひとり言のように喋っている。

「俺はこのようなところに座る者ではないのだ。剣術で身を立てようとする者。この袴も動き易いように作らせた。寸違いではないぞ。それなのに、何を間違えたかこのようなところで脛を出して座っておる。側者とはここの――」と左に分かれて座る小姓に顔を向ける。と、小姓の目が少し動いた。

「佐野殿のようなお人がいい。皆は耳目(じもく)様と呼んでおるがな。御女中、耳目の意味が分かるか？　ん？

　遠慮せんで答えてみなされ」

　首を傾げる振りをした。

「目と耳ばかりで、口がない」

　自分の言葉に頷いている。

「よく言ったものだ。側者の鏡だ。見聞きしたことはよく吟味されて、ここ――」と頭を指す。

「ここに入る。入ったら出てこない。どんな難しい話でもたちどころに理解して裏の裏まで考える。切れ者との噂。切れすぎてそれを口に出せば人を傷つける。だから口を利かぬのでは？」

最後の部分は耳目と呼んだ男に向ける。耳目は身動きひとつせずに置物のように座っている。楓は喋り続ける男に目を向けた。

「ん？　俺のことか？　俺は中里伊織と申す。以後お見知り置きを」と目を外さずに頭を下げた。侍のお辞儀だ。微かに臭いがした。息の臭い。

「俺も切れ者だぞ。耳目と違ってこっちのほうだがな」と目を、置いた刀に向ける。

「よく喋る男だと思うだろう。これも剣術じゃ。剣術で大事なことは何だと思う？　ほれ、言ってみなされ」

楓の分かる話ではない。頭を下げて首を振った。

「間合いじゃ」

声色の変化に顔を上げると、男の目が迫ってきた。目だけが踏み込んでくる。息を飲み、身を固くした。

「話で間合いを取っている。これも剣の術だ。喋っていれば相手の動きが見えてくる。耳目も御女中も心の動きが見えてくる。これを木霊（こだま）と呼んでいる。俺の言葉をどのように跳ね返すかで相手の動きを察知する。耳目もお主も、今動けば……俺に切られるぞ」

楓の肩が動いた。身構えそうになる自分を隠し、殺気を抑え込む。そして目線を外し、畳の目を数えた。

「ほうら、木霊が返ってきた」

伊織が口角を上げて、

「御女中も少しは武芸ができるようだな。しかし――」と続け、「その程度なら、二歩も進む前に俺に切られる。それに比べてこの耳目は違う。何も返ってこない」

耳目がこちらを見返した。

細筆で刷いたような眉と目、薄い口は紅を引いたように内に向かって赤い。痩せた顎が細面に見せるが、頬骨だけが不格好に隆起して、これが異様に映る。伊織とは逆の顔立ちなのに、二人が並ぶと似通った一対の印象となった。

伊織が更に話し掛けている。

「殺気などは余分なもの。気付かれぬように消すがいい。それができるのは見切った者だけ。耳目様は見切っているのか？　違うな。木霊さえも飲み込む。飲み込んで自分のものにしている」

そのまま声が無くなり、いつもの静かな夜に戻った。伊織の臭いだけがゆっくりと漂ってくる。

寝所の呻き声が微かに聞こえた。突然、伊織が喋り出す。

「俺のお喋りはな、こういうときに必要なのだ。寝所の睦言は聞かない。聞こえないように控えの間では音を出す。昔、唐では楽器を鳴らしたそうな。唐女はさぞかし大きな声を出すのだろうよ。俺はな、楽器代わりに話をしている。それに」と声を潜め、

「俺のような者が喋っていれば、内のお二人も気が乗らんだろう。嫌がらせだな。嫌がらせの意思表示。これを政と言う」と、今度は隣の耳目に顔を向ける。なんとも忙しい男だ。そのまま顔を向けている。

いつまでも離れない伊織の視線に根負けしたのか、耳目が顎だけで頷いた。

次の日は昼からの雨。春の雨がしっとりと草木を濡らしている。

松姫は与えられた部屋の戸を細く開け、雨に煙る山峰へ目を預けていた。

勘九郎と馴染んでからは薄く化粧をするようになったが、それだけで姫の美しさは匂い立ち、辺りの人々を圧した。

「姫様、何をお考えで？」

あまりの美しさに魔を感じて松姫を物思いから離した。

「源三郎様のことを考えている」

楓は目を上げて、

「お殿様のことをお考えかと……そう思っておりました」言った言葉が、目線とは裏腹に先細りしていく。

「殿は……」と姫は言い淀み、

「殿は、木曽様へ使者を出すと言われました。私を送り届けてくれたお礼の使者だそうです」と少し投げやりな言い方をした。

「それはようございました。姫様のご深慮も気付かず浅はかなことを申しました」

「いいのです。それより」と顔を向け、

「楓はこのお礼、どう見ます？」ぼんやり訊く。

少し考えてから、

「お礼なら甲府のお殿様が順当。それを木曽様へと送るのは、織田はまだ正式な交渉を行わないとの意、と見ていいかと」目を伏せた。

「私もそう思います。和議のお話をするには、まずは源三郎様のご帰国が必要。織田の方々と話してみて分かりました。武田のお家では源三郎様を人質として預かったと言っていますが、織田の方々は拉致されたと見ています。源三郎様が戻られて和議が始まればよし。しかし、もし始まらなければどうなります？」

楓は考えがまとまらない。考えているうちに別のことを思い出していた。

〝どんな難しい話でもたちどころに理解して、裏の裏まで考える〟切れ者の耳目、耳目ならどう見るか。

楓は最近、控えの侍、伊織と耳目のことが気になって仕方がない。なにかにつけてあの二人ならどうするかを考えてしまう。分からないときは間合いを取る、伊織の言葉通りに、〝取りあえず〟を口にした。

「どうとは？」

「今回の取次である五郎兄様のお立場です」

楓は懸命に考えを巡らす。

――五郎盛信様は叱責を受けるだろう。咎を暴き立てられるかもしれない。五郎様は御一門でも人気があり、諏訪家の血が入った四郎勝頼様より直系に近い。何と言っても諱に〝信〟の字がある。信玄公の御遺言がなければ五郎様が武田を継いだと言う者も居て、だからこそ勝頼様は、いや勝頼様の取り巻きは五郎様を排する機会を狙っている。交渉経路となる木曽様も危うい。織田と接しているため、いくら働いても広げる土地がない。真田様のように力を付けている先方衆と比べると、躑躅ヶ崎での扱いも軽くなっていると聞く。その不満が燻り、荷止めで苦しんでいるところにお礼の使者が来たら……。

耳目の白い顔がまた浮かんだ。薄い唇を真一文字に閉め、表情を消して座っている。

「さあ……。私には分かりかねます」

姫は雨霧に浮かぶ山峰に目を戻していた。雨の匂いが部屋に満ちている。その匂いを追って楓も雨に目を向けた。

微かな雨音と匂い、そして薄墨の山々は人を思索の迷路に誘い、ぼんやりと時が過ぎていった。

「巫女のこと、覚えていますか？」

姫が唐突に言葉を投げた。

考えていたことの続きを口にしただけ、きっと姫には当たり前の言葉なのだろうが、楓にとっては驚きだ。話の跳び様に驚いて、思い付くままを言葉にした。

「巫女？　新館での口寄せの巫女のことですか？　ええ、覚えています。殿に話されたのですか？口寄せのことを？　そのような……。殿は何と？」

「面白いと言われました。殿も見てみたいとの仰せです。見たいのは巫女舞いですよ。楓、呼び寄せることはできますか？」

「やってみましょう。口利きの者は他国に商いに出ていますが、伝手はありますので連絡を取ってみましょう」

「ゆるりとやりなさい。それまでは私はお城に居ることになる」

言葉の意味を探ろうとして、それが楓の顔に出た。

「私が勧進元となって殿にお見せするのです。神事であるから誰も拒めまい。それに城の者の慰安にもなりましょう」

姫の考えが分かってきた。両家和与の手掛かりを自分の手で探そうとしている。そのための時間稼ぎに巫女舞いを持ち出したのだ。源三郎様のこと、木曽様のこと、五郎様のこと、巫女舞いのこと、姫の話は皆、和与に繋がっている。伊織なら、これも〝政〟と言うだろう。新館で寂しげに過ごしていた姫のどこにこのような豪胆さがあったのか。

雨を背に物憂げに佇む姫の姿が、先ほどとは違った気色になっていた。


その夜も楓は控えの間でいつもの二人と相対していた。

伊織の言葉の礫、そして耳目の冴えた視線に晒されている。

「御女中。お主を調べさせた。面白いのぉ。織田方から配された御女中であったか。ひとりだけ残されたのだな」

「松姫様のご意向でございます」

「ほう。今夜は声が聞けた。道理で雨が降るわけだ。どこのご家中か?」

「それもお調べになったのではございませんか？」

「熱田はどの様なところかのぉ？」

楓の出自は熱田の士族となっている。遺漏のないように細部まで覚え込んでいたが、思わぬ方から礫が飛んできた。

「どの様な、と言われましても……」

「家の前に何があった？」

自分の家とされている辺りの絵図面を思い出す。

「塀でございます。なぜそのようなことを」

「いやなに。俺は聞き出すだけだ。後は耳目が調べる。徹底的に。俺は伊賀間者の探索も頼まれていてな。伊賀者が織田家に害を為す恐れがあるということだ。害と言っても田舎者の考えること。織田家に連なる者へ仇を為す、そんなところだ。嫌がらせの類よ。どうした？　気分でも悪いのか？」

楓は一心に畳の目を数え、心の揺れが治まったところで顔を怒らせた。

「それは、私が伊賀の間者とお疑いだということ。そうなのですか？」

わざと声を大きくした。

「まあまあ、静かにしてくれ」と伊織は寝所を気遣った。

「私事ではありませぬ。これは武田家をお疑いと言っているのも同様。捨て置けませぬ」

「そう思った。そう思ったからこそ、今まで何も訊かなかった。しかしお主は織田の御女中。俺たちと同朋ではないか」

「それは十年も前のこと。それに私は姫様に仕えた時から武田者になっております。だからこそ姫様は私を残したのです」

　自分の言葉に酔って涙声になった。

「分かった。分かった。分かったから、塀の形を教えてくれ」分かった顔をしていない。耳目に目を向けると冴えた目で見詰め返してきた。

「いいではないか。家の前の塀ならいつも見ていたのだろ？　忘れることもあるまい。ん？」

　伊織の猫なで声にはいたぶりが混じっている。

　楓は座り直して気持ちを落ち着かせ、図面に描かれた塀の形を思い出そうとした。


　勘九郎は塗籠寝所で雨の音を聞いていた。

　城のある山上の雨は激しいが、ここでは低く唸るようにしか聞こえない。

「明日は辺りを見まわらなければならんな」

　勘九郎は雨の強さに聞き耳を立てている。

「殿は……」と松姫の声。後が続かない。勘九郎が顔を向けると、

「殿は暗い穴が見えますか？」天井に向けて呟いた。

「暗い穴？」

「松は見ます。殿と……一緒になっている時に」

「見えると、松はどうなる？」

「飛び込みます。飛び込むと目の前が真っ暗になって気を失います。しかし気が戻ると殿とお話をし

ている。今のように。自分でも気付かずに呆けたまま話しているのです。その間のことはよく覚えておりませぬ」

　勘九郎は声を出さずに笑った。

「やはりそうであったか。どうも様子がおかしいと思っていた」

「病でしょうか？」

　今度ははっきりと笑い声を出した。

「大丈夫だ。男女が深く交われば時にそのようになると聞く。神憑きとか……、痴態と呼ぶ者も居る」

「巫女の……、巫女の言う筒を通っているようで、私の霊がどこへ向かうのか、そこで誰と逢っているのか……。私も巫女になったのでしょうか？」

「女子は誰しも巫女の霊力があると言われている」

「殿はお嫌ではございませんか？」

「殿ではない、勘九郎だ」笑いを残して続けた。

「松は〝そう〟なると勘九郎と呼ぶのだ。ぶるぶる震えながら御題目のように唱え続ける。勘九郎様、勘九郎様、と。それを聞いているとな、私も自分が自分でなくなる。松の御題目で何かが寄るのかもしれぬ」

　松姫は布団の中で小さくなる。その背を抱くように囁いた。

「もう離さぬ。私と一緒に岐阜に帰ろう。まず母上にお会いする。母上は美濃の斎藤道三殿の娘だ。信玄殿の娘であるそなたとは話も合うだろう。父上は道三殿と信玄殿、お二人を恐れていたと聞く。

そして憧れも……。これも何かの縁だ」

「甲府に居る源三郎様はどうされます？　織田へ戻すのが殿の御役目では？」

このことは姫と何度も話していた。

姫は自分が織田の取次に立つと言っている。

源三郎を武田の取次として織田に遣わし、松姫が織田の取次となって武田に帰る。それを和与交渉の始めとする。織田と武田の妥協点、両家ともに顔の立つ策だ。しかしそれでは松姫を武田に戻すことになる。

「取次は盛信殿に頼めばいいではないか。そういうお役目なのだ」

「それは……、うまく行きませぬ。勝頼兄様のご側近たちが許さないでしょう」

「安土に居られる使者は盛信殿と繋がり深い方と聞く。御一門のお二人ではないか」

「だからこそ、でございます。だからこそ御屋形様のご側近が許しませぬ。この和与は御一門衆が始めたこと。それをご側近がどう見ているか。政とはそのような綱の引き合い、足の引っ張り合い。御一門に振れた振り子を戻そうと――」

松姫が喋り続けている。

勘九郎が思いの中で育ててきた松と、今ここに居る松姫、それは大分違っている。この十日ほどでそれがよく分かった。もっと骨太なもの。骨太で賢く強いものだ。時には河尻の顔や、上様の声色を出す。しかしこの顔は勘九郎にしか見せないらしく、周囲に配した者たちからは〃物静かで控えめな方〃〃ただただ美しく嫋やかな姫〃との伝えしか届いてこなかった。

「何をお考えでしょう？」

「いや……。松の賢さに驚いておる」

「まあ！　そのようなお戯れを」

姫の声から喜色がこぼれる。

「これらは皆、殿とのお話の中で出てきたこと。殿が導いてくださったことでございます。松も驚きました。殿とお話していると見える景色が変わるようでございます。殿のお導きで松にも様々なものが見えるようになりました」

「暗い穴も、か？」

からかい言葉に、姫は素直に〝はい〟と答えた。

答えた松は文で育てた松姫でもなく、壊して積み上げた姫でもない。新たに練り上げた松姫だ。重なり捻じれ撚り合った二人。お互いの形を探りながら、捏ねては練り直す。二人で泥遊びをしているようで、どこから自分でどこから松なのか、今では二人の境が分からなくなっている。

姫がいつもの話を始めた。

「源三郎様を武田の取次に立てるよう御屋形様に伝えましょう。それなら両家の顔も立ちまする」

武田は源三郎を拉致ではなく人質として遇している、そう示したいのだ。人質なら交換が必要。松姫を勘九郎の室という織田者にして、織田家の男で武田者になった源三郎と交換する〝形〟を取るのだ。織田方から見れば笑止であるが、交渉を始めるつもりの武田家としては、その〝形〟が重要となる。

――それをあの河尻が許すか。許したとしても河尻のことだ、源三郎さえ戻れば、言葉の差異を挙げ連ねてうやむやにするだろう。

考えに耽る勘九郎を見て、姫が更に言葉を加えた。

「もし私が織田に残ったとして、お父上様はどう思われるでしょう？」

「父上？　上様か？」

「親子兄弟の血より妻女の情を選んだと」

その言葉に動きを止めた。

――これは松が言っているのか？　松の口を通して上様が言っているのか？

姫の声が耳元で囁く。

「私なら大丈夫。必ず織田に戻ります。殿の元へと帰ります」

しばらく二人で天井を見詰めていた。雨が強くなり、波音のように耳元に迫ってくる。

雨に負けぬよう、唸るように言葉を連ねた。

「松は必ず帰るのだ。もし危なくなったら逃げろ。逃げていれば私が必ず見つけ出す。どこに居ても迎えに行くから隠れていろ」

「ご無理をなさらないでくださいませ。私なら大丈夫」

と、体を寄せてきた。目の前に松の顔がある。切れ長の目は動かず、勘九郎だけを映している。

「私は一株にひとつだけ咲く花。根だけになって、枯葉の中に隠れています。殿が見つけてくださるまで」

松の文に書いてあった甲斐の遊び、落ち葉遊びを思い出す。甲斐の子供は枯葉の中に埋もれ、目だけを出して空を見上げる。

枯葉の匂いと、そこから見る秋空。薄雲が流れ、高くを鳶が舞っている。二人の前に木々の枝に縁取られた空が広がる。

見上げる秋の空、その次には冬の月がぽっかりと浮かび、朝日に光る霜田、梅の香りに誘われて歩む先には、眠くなるような春の午後……、二人で語り合った文の世界が次々と目に浮かぶ。そして隣には松姫が居る。

二人は激しく求め合った。

〝松!〟勘九郎は何度も姫の体に呼び掛ける。

〝勘九郎様、勘九郎様……〟

声は暗い穴から高くへ昇り、塗籠寝所の天井に吸い込まれていった。

雨の音が一段と強くなり、岩村城を覆っている。

六

楓はいつものように寝所控えの間で、男二人の前に座っていた。

岩村城に入ってからひと月が経ち、盛信たち交渉役一行は甲府に戻り、今頃は源三郎と松姫を両家の取次とするとの考えを談判していることだろう。女たちも楓と侍女頭を残して武田に帰っていった。後は武田からの返事を待つだけ。楓には分からないが松姫はこの談判に自信があるようだ。

巫女座の者もやっと城下屋敷に着き、明日はお城の八幡神社に舞いを奉納することになっている。織田家では踊りや能楽などがよく催される。しかし城主河尻の性格か、ここ岩村城ではそういう催しはほとんどないようで、城の者も少し浮かれてそわそわと落ち着きがない。

松姫たちの寝所でも巫女舞いの華やかさ、神寄せ口寄せの不思議さを、二人の凪の波間に囁き合っていることだろう。

そして夫婦の喜びの時間は、楓にとって詮議の場となっていた。

伊織の言葉はじわじわと楓を締め付けていた。伊織が訊き、楓の答えを耳目が調べ上げて一つひとつ正していく。話の内容ばかりかその時の楓の様子、目の動きまで耳目は記憶していて伊織の追求を厳しくしていた。

「御女中、もう言い逃れできんぞ。伊賀者なのだろ？　俺には最初から分かっていた。目の動き、足の運びを見れば分かる。伊賀者だとて処罰にはならん。織田の間者として入ったのだ。織田に害を為そうとはしていない。それは俺が分かっている。そう言ってやろう。だから頷いてしまえ。そうすれば楽になるぞ」

ねちねちと楓の気持ちの揺らぎを突いてくる。

「何度仰られても身に覚えがございません。これが織田様の仕打ちでしょうか？」

「先日は武田者になったと言っておったぞ。お主はどっちの間者だ」

「間者などとは言っておりません」

伊織はふむっと口を閉ざし、しばらく楓の姿を眺めていた。

「臭いだ」

ぽつりと呟く。

「臭いがする。お前の体からぷんぷん臭ってくる」と実際に嗅ぐ真似をする。

「〝人で無し〟の臭い」

言ってから片頬で笑った。

「俺の臭いでもあり耳目の臭いでもある。同じ臭いだからすぐに分かった。お前は分からぬか？　自分の臭いだぞ。土地にも家族にも繋がらぬ者の臭い。神も仏も信じぬ者の臭いだ」

伊織の言葉が胸の不安をザワザワと呼び覚ます。以前に何度も感じた、暗闇の中で足元が抜けるような不安。

畳の目を数え出した。

「弱いから群れる。群れなきゃ生きていけない。群れから外れればはぐれ者だ。弱いから逃れたか、強いから離れたか。どっちみち自分の生き方を自分で決める者、それが俺たちだ」

言葉を避けるように顔を横に向けると耳目と目が合い、その目が笑った。笑った気がして目を凝らすと、魅入られたように目が離せなくなる。細くてどこを見ているか分からない目線なのに、絡め取られて外せなくなった。そこに伊織の声が読経のように迫ってくる。

「お主も薄々気付いているだろ？　武田でも織田でもない。ましてや伊賀など遠い昔、今のお主と関わりはない。伊賀なぞ小さな山里の群れだ。お主はひとり。伊賀など裏切っても何でもない」

伊織は探る目で楓をひと撫でしてから言葉を継いだ。

「群れで生きても弱い者は弱い。魚の群れを知っているか？　群れになって大きな生き物に化けている。化けてはいるが、それを知っている敵には容易く食われる。そうだ。俺たちはその敵だな。一匹で群れの魚を狙う敵魚ってところだ」

楓は巫女の話で味わった寄る辺なさ、子守り犬の悲しみを思い出していた。

暗闇でひとり何かを待っている。餌食なのか仲間なのか、仲間だと自分だけが思っている敵なのか。何を待っているかも分からずに、ただじっと待っている。そんな思いに捕らわれて、音が鳴るほど奥歯を噛みしめた。

「そういう者が増えている。末世なのか。群れの者から見れば末世だな。俺たちから見れば人としてのひとり立ちか、それとも……目覚めってところだ」

耳目の顔が動き、伊織に向かってゆっくりと頷いた。

「おっ。耳目に褒められた。珍しいな、お主が人を褒めるとは。俺の無駄口も的を射ることがあるってことか？」と気持ち良さそうに笑った。

「だから気にするな。群れなど渡り歩けばいい。お主はお主。どこに居てもお主が中心だ。群れから離れるだけのこと。伊賀から離れた、そう言えばいい。伊賀など古着と同じ、脱ぎ捨ててしまえ」

楓は畳の目を数えていた。しかし思いが別に向く。

――私のこの不安を、この者たちも同じく持っているのか？

数えていた数を忘れてしまい、また数え直す。

――ひとり立ち？　目覚め？　それなら今までは幼い夢？

何度も何度も数え直した。

遠くから耳目の空咳が聞こえ、意識が物思いの淵から戻ってくる。寝所の気配が動いているようだ。

楓は大きく息を吐いてから、松姫を迎える準備に席を立とうとする。

その背に向かって伊織が小さく舌打ちをした。


朝早くに巫女一行が登城してくる。それを楓が追手門の前、畳橋で迎えることになっている。

楓は待ちながら、新緑の山肌を眺めていた。

岩村城は山峰にあり、ここから眺めれば山筋の新緑も谷間の白い花木も見下ろすことができ、朝靄の中を登る巫女一行も目で追うことができた。

正装した里人に付き添われ、巫女を表す笥笠が三つ、それに続く神具箱を担いだ従者が二人ほど、後ろには里の者が連なっている。長い坂を平気な顔で登ってきて、一の門を過ぎたところで楓を認めると、顔を上げて大きく手を振った。

座主の顔だ。新館で見た時より若く見え、動きが里女に戻っている。そしてその後ろ、従者の一人が顔を向けて小さくお辞儀をした。

平左だ。

平左はそれだけ示すと後は知らぬ顔になる。楓も何もなかったように巫女一行を出迎え、里の主だった者から挨拶を受けると巫女たちを城内へ導いていった。

巫女たちは思い思いの小袖を重ね着して、それを短く帯で締め、帯の上には打掛を模した布を巻いている。脛下には白い脚絆が見え、旅慣れた装束で城通りを登っていく。

まずは控えに使う屋敷に入り、身仕舞を正した座主だけを姫の館へ連れていった。その間、平左は顔も出さない。

座主は平伏して松姫を迎えると、勧進のお礼を述べてから近況や旅の様子を語った。

語るたびに姫も言葉を挟む。旅の多い巫女には当たり前の景色でも姫にとっては初めての旅の風景。記憶を繰るように、山の雪はどうだったか、谷間の木々はどうか、川の色は、野の花は、と話は尽きない。

「姫様、座主も準備がありますので、そろそろ……」

楓の言葉で踏ん切りがついたのか、松姫が口調を改めた。

「座主に訊きたいことがあります」

〝なんでございましょう〟と居住まいを正す。

「以前、口寄せをしていただきました。その時、寄せた相手のことを覚えていると言いましたね」

「そのことでございますか。申しました。ぼんやりと寄った者の気分が残ると」

「その……、その人の顔も分かるときがあるのですか？」

座主はゆっくりと微笑んだ。

「それはありません。意外と人は自分のことを考えておりません。ましてや顔のことなぞ考えないものです」

「なにかその方と思いが通じるようなことは？」

今度ははっきり笑った。

「私どもは通り抜ける筒のようなもの。通った方は筒のことなど何も気付きませんし、筒があったことも知りません」

そして目を流して言い足した。

「松姫様にしか、お目を向けてはいませんでした。姫様のことでいっぱいかと」

姫は恥ずかし気に下を向いてから、

「私も筒を通ることがあるのです。その……。座主もその方が通った時、同じ思いをしたのではないかと……」

顔を上げずにそこまで言うと、後は言葉にならない。座主は姫を見ていたが、そのまま遠い目となり、ひとり言のように囁いた。

「それは姫様の筒です。姫様だけの、いえ姫様とそのお方だけの筒。私のような……、誰でも通る筒ではありません。そうですか。姫様にも見えましたか」

そこで顔を改めて、

「姫様は自分の筒に自分で入ったのです。それはご自分だけの宝。大事になさいませ」と平伏して、もうこれ以上は言えないを示した。

「ありがとう。それならいいのです」と、姫は晴れやかな顔を残して話を終えた。

楓は巫女たちを城内にある八幡神社に案内して、そこで場所の確認と段取りをしていく。巫女舞いは神社の前で行うことになっていて、楓との段取りが終わると巫女たちだけで舞い組みや位置取りを合わせていた。

巫女の奉納舞いは皆に告げられていたので、ちらほら物見の者が集まっている。

物見と言ってもここは城内、城詰めの者だけである。下士の者が巫女の周りに配されていたが、年寄りは近くまで寄って巫女の品定めをしている。

ひと通り稽古が終わると、霧ヶ井戸で清めを行った。日照りが続いても決して涸れない霊験あらたかな井戸として知られている。

巫女たちは無造作に着物を脱いで肌を清め始めた。

これも儀式の一部なのだろう、何か唱えながら決められた順に清めをして、腰巻も取って肌を日に晒している。近くに見張りの下士が立っているが、見られることに慣れている巫女たちは急ぐわけでもなく、男たちの目の前で巫女姿に着替えていく。初めは露骨な目を向けていた男たちも、衣装を身に着けるごとに厳かな心根になっていき、着替え終わる頃には拝む者まで現れた。

着替え終わった巫女たちを控えの屋敷に導いていく。

先を行く楓の目は暗い。

平左のことを考えている。

なぜ帰ってきたか、伊賀はどうなったか、それらの疑問が渦巻いている。そして耳目たちが平左を捕まえたら、と思うと腹の底が冷えた。

急ぎ平左を部屋に呼び、

「楓様、お久しゅうございます」との挨拶を遮って、

「平左、近う。もっと近くじゃ」と自分から顔を寄せていった。

二人は頬を合わせてお互いの口と耳を重ねる忍び話法を始めた。

「平左、伊賀間者の探索が行われている。私が間者とはまだ分かっていない。が、疑われている。相当の使い手だ。お前はこのまま消えろ」

矢継ぎ早に伝えると、それに重ねるように平左も伝えてくる。

「伊賀の頭目は亡くなられておりました。柘植のお家も無くなり、今は脇柘植が後を継いでおります。わしの隠居株は詮議になってな。織田の間者だったこと、誰も我らの仕事を知らぬこと、それら合わせて捨て忍扱いだと言われました」

「捨て忍？　お前の隠居は無しになったのか」

「いいや。楓様が織田の殿様の近くに居ることを知ったら、我ら二人で殿様を殺せ、殺せないなら傷つけろとのお達しです」

「殺すだと！」

思わず頬を離して平左の顔を見た。平左は悲しげに笑っている。そのまま泣き出しそうなのですぐに頬を付けた。

「すでに柘植様はお亡くなりなのだろ。なぜ他家の者から指図を受けねばならぬ」

「わしの隠居株と引き換えじゃ。これがその起請文」

平左は油紙を胴巻きから取り出し、大事そうに拝んでから手渡した。楓は急いで起請文に目を走らす。平左の目が、〝どうだ？〟と訊いてくる。忙しく動いていた楓の目が止まり、そのまま考えに沈んだ。しばらくして表情のない顔を上げ、

「確かに隠居株の起請文だ。お前は中忍になったのか。この丸の印は何だ？」と抑えた声を出した。

「それはわしの名。売られた時に書かされた人買い証文の印でな。わしの諱じゃ」

「起請文での中忍への格上げ、これが何を意味するか分かっているのか。捨て駒だぞ。まず殺される。いや、伊織と耳目なら殺してもくれまい」

「なに、この起請文を貰っただけでわしは大満足じゃ。これは隠居株と同じ。あの世への隠居株。これで伊賀の皆さまのお仲間に入れる。大きな顔して死んでいける」

何を馬鹿なことを、と思う半面で楓は何かひっかかった。

――この話、以前聞いたことがある。

記憶を辿っていく。〝織田家の者に害を為す〟伊織の顔が浮かぶ。以前聞いた伊織の言葉に符合する気がして引っかかりを手繰っていった。

〝伊賀者が織田家に害を為す。害を為すと言っても田舎者の考えること。織田家に連なる者への攻撃。嫌がらせの類〟確か、伊織がそう言っていた。

――耳目ならどう解く。

耳目になったつもりで言葉の持つ意味を重ねていった。

「平左、お前は道具にされている。起請文を付けた矢文のようなもの。使い捨てだ」

「さっきも言った。死んでもいい。わしはもう考えぬ。楓様がお嫌なら、わしひとりでやる。楓様の手は煩わせませぬ」

――お前がお城をうろつくだけで私が窮地に落ちるのだ。

頬を離して考えに沈んだ。

伊賀郷士衆は寄り合い談合で物事を決める。平左の話もそこで話し合われただろう。潰れた家の隠れ仕事、それも織田の仕事ならどう扱おうと勝手だ。少しずつ伊賀の様子が見えてきた。伊賀の郷士衆が顔を寄せ合い話している。そういう姿が見えてきた。

〝どうせ平左と女忍び者、逃げることもできずにその場で斬られ、骸からは伊賀の証文だ。そらぁ驚くぞ。震えあがる。これで織田への脅しは成る。織田の侍も言うことを聞くようになろう〟

楓には伊賀郷士衆の思惑が見えてきた。

織田方に、そうした類の脅し文句を言ったのかもしれない。田舎臭い方法、山賊並みの浅知恵。憤りというより冷え冷えとした気持ちが広がった。

――伊賀とはその程度の群れだったか。

伊織が言う、大きなモノに見せようとする弱者の群れ、それを冷ややかに見る心持ちになった。

「……様、楓様、巫女の準備ができたようです」

声で楓は我に返った。

「平左、座主に口寄せを頼みたい。お前への返答はその後じゃ」

「柘植の頭目を呼び出すのか？　この仕事はもう頭目の手から離れている。止めろと言われてもわしはやるぞ」と頑なに言い張る。

「頭目ではない。安心しろ。お前の知っている者ではない」

平左は渋々請け負った。


巫女舞いの後、城下での宴に向かう一時を捉え、楓は座主と逢うことができた。

「楓様、口寄せがしたいとのこと。何やら性急なお申し出。如何されました？」

巫女姿の座主は布で首の白粉を拭いている。鏡を覗き込むのはもう少し後だろう。目の周りに刷いた墨、目尻の紅が汗で滲んで艶めく風情になっている。平左の差配か、控えの間には人はなく、平左を含めた三人だけ。

「是非、呼び出してほしい者が居るのです。生霊ですが、このお城に居ます。どうでしょう。できますか？」

控える平左が顔を上げた。

「場所が決まっているのであれば。それでその方のお持物などはありますか？」

「それが……、ないのです」

座主が首を捻り、

「それは難しゅうございます。その方の寄り所、これが重要なのです。その物に引き寄せられるのですから」と顔を曇らせた。

「引き寄せるものはあります。ひどく執着しているもの」

〝それは？〟との座主の目に、

「私です。私が寄り所となります」

〝まあ！〟と今度は目に艶を出した。

「思い人でございますか？」

「まあ、そういうところです。名は中里伊織。殿のご近習でございます」

「ご近習なら、お殿様のお近くでお逢いしているのでございましょう？　そうはいっても私語を交わすこともできず、目と目だけではお気持ちも分からず……。そうですか。あい、分かりました。私がお呼びいたしましょう」

座主はひとり合点した。

そのひとり合点に楓は乗った。

すぐに準備が整えられ、平左を廊下に下がらせ、女の匂いの満ちた部屋で座主と膝突合せで座った。

〝失礼します〟の呟きの後、座主は楓の体に、首筋や乳に指を這わせ始める。初めは驚いた楓もすぐに事情が呑み込めた。楓の匂いを出しているのだ。それでどうするのかは分からないが、好きなようにさせていた。

座主は楓を横抱きにしたまま体中をまさぐり続け、それも徐々に緩やかになり、楓の胸元に顔を埋めると動きを止めた。そして大きく息を吸い込み、少しずつ吐く。吐きながら喉笛のような呪文を唱え、楓の胸元に呼び掛けている。そしてもう一度息を吸って唱える。それを何度も繰り返していた。

楓は座主の声を聞きながら身を固くしていく。楓の体は寄り所というより餌のようなもの、これに伊織を喰らい付かせる。伊織は自分を捕食魚だと言っていた。狙いの者の気配で必ず動き出す。あの者の鋭い嗅覚なら霊媒を通してでも分かるはず。

座主は顔を離して呪文を唱え続けている。目を引きつらせ、頬を強張らせ、そして少しずつ変わっていった。目の鋭さ、頬の筋、何より口元の動きが徐々に伊織になっていく。抱く腕に柔らかさが消えていった。

座主の腕に気を集中する。

腕が突然、ぴくっと動く。同時に生臭い息。楓は腕を突き放した。

座主がぎょろりと目を剥く。伊織の目だ。左右を睨め付け、

「どこだ？　どこに居る？」と辺りを探っている。

「分かっている。お前の臭いだ」

声にゾクリと震えが来た。

不意に、顔が楓に向く。気迫が殺到し眼光が迫ってくる。息を詰め、その目を見返す。と、もう離すことができない。目を見開いたまま金縛りになった。心の臓を冷たい手で握られた思い。その手が熱を奪っていき、全身に鳥肌が立つ。

伊織の顔がゆっくりとほころんだ。

「木霊が返ってきた」

声とともに伊織の気配が消え、同時に閃光が走る。

少し遅れて左肩から臍まで衝撃が貫いた。見ると腹まで裂けた上体が、勢いを残して左に巻いていく。天地が回転し、畳面が迫ってきてそのままゴトリと音がした。癖になっている畳目数えを始めようと目を凝らしたが、すぐに闇が覆った。


「心配しましたぞ」

――平左のこの言葉は何度目だろう。

楓はぼんやり考えている。

あの時、確かに斬られる衝撃があった。斜めに斬り裂かれた自分の半身も見たし、刀が通り抜ける感触も残っている。が、実際には傷ひとつなく、斬られた残像だけを残して伊織の生霊は消えていた。

平左も怪異の興奮を残しているのか、話がまた最初に戻っている。

「心配しましたぞ。わしが飛び込んだ時は座主が、いやありゃあ物の怪だな、物の怪がこうやって、こう、倒れた楓様を覗き込むところだった。その目を見たんでさぁ。ひゃあ、驚いた。肝っ玉ぁ冷えました。ありゃあ真面（まとも）な目じゃない。思い出しただけで怖気（おじけ）がつく。すぐに白目を剥いて楓様の上に崩れましたが、わしゃ、楓様に食らいついたのかと思いましたぞ。それでさぁ――」

また斬られる瞬間が甦ってきた。

気配もなく太刀風だけが迫る。刃が線を引いて煌めき、腹で抜けていく。腹で抜くのは残心だろう。斬ろうと思えば真二つにもできた。それほど余裕のある剣技、太刀筋だった。

――伊織は〝二歩目はない〟と言っていたが、目を見ただけで動けなくなった。とても敵う相手ではない。

　何度目かの絶望で、また幻の刀痕が疼いた。

　楓は自分の考えをもう一度なぞってみる。

　平左は死を覚悟している。何としてでも城に向かうだろう。城に忍び込めたとして、あの者たちと戦うことになる。戦ったという証拠を残さなければならない。

　楓はお殿様に刃を向けようなどと思っていない。しかし目の前で平左が殺されるのを見ていることもできないだろう。きっと体が反応する。それを耳目と伊織に暴かれる。

　それならば伊織たちと一太刀交わして逃げよう。平左と伊賀に逃げるのだ。それしかない。

　起請文さえ残しておけば伊賀の名主衆も文句は言わないだろう。そして伊賀で生きる。

　それでは伊織の太刀をどうかわす？

　それを探るための口寄せだった。が、太刀筋、間合いともに外すなどという技量ではない。殺気さえもなく刀風だけが後に残る。楓の想定の遠い先に伊織は居た。睨まれただけで体が動かなくなるだろう。目を見ることはできない。ではどうやって……。

　物思いはそこで止まる。

　楓は少し体術を使える程度、それも女の力だ。武術や武器術を知らない。平左に至っては伝達役の下忍でしかない。

「楓様、お気持ちは決まりましたか？」

　平左は楓の目を見て言った。

「わしはどちらでもいいのじゃ。どっちにしてもやることは変わらぬ。楓様のお心のままに」

死を覚悟した顔。

「私は……」

それ以上は口が動かない。様々な思念が襲ってくる。

松姫の煙るような表情、勘九郎との思い出を話し続ける声、人買いに売られた遠い記憶、初めて見た伊賀の景色、死にかけた子守り犬、平左のぼやき顔と時折浮かべる笑顔、そして死を覚悟した顔。

——私はなぜ考える。死ねばいいだけのこと。後は神仏に任せるだけ。地神氏神に祈り、御題目を唱えて後は考えない。それでいいではないか。なぜ考える。なぜ生きようとする。ひとりだからか。死ねば闇の中で足元が抜けるほどの孤独を味わうからか。獣のように生きる者、伊織や耳目と同じく〝人で無し〟だからか。

平左の顔に目を据えた。

「分かった。今宵、寝所近くで騒ぎを起こす。騒ぎは私が起こすからお前は隠れていて騒ぎを大きくしろ。私には構うな。何が起こっても私を助けようとするな。いいか？」

平左が静かに頷く。

「お前の起請文は私が預かる。起請文に騒ぎを見せねばならぬ」

起請文の言霊は神の耳目と同じ。人の行いを見て聞いて霊たちに知らせる。それは誰でも知っている。

平左は油紙ごと起請文を差し出した。

「お任せいたしましょう。楓様のそのお顔、平左、あの世に行っても忘れませぬ。長いお勤めでしたが、平左は楽しゅうございました。あの世にもお供いたします。一緒に参りましょうぞ」

楓は平左の言葉に戸惑ってしまう。

――私は伊賀の氏神にも土地神にも寄りはしない。平左とは別のところに行くだろう。

楓の顔付きを勘違いしたのか、平左は体を震わせて泣き出した。


夜。

楓は松姫を塗籠寝所へ送り出すと、いつものように控えの間へ入っていった。

すでに耳目と伊織は控えていて、暗がりの中を目が追ってくる。

座ると気が動き、燈明の灯りが揺れた。二人の影が揺れて笑ったように見える。

「御女中、今宵も付き合ってもらうぞ。熱田の母者の話だったな。さてどこから始めるか――」

「楓と言います」

伊織が訝し気に眉間を寄せた。

「私の名でございます」

〝ほぉ〟と面白い物でも見る目をして、それを言葉にする。

「今宵は様子が違うな。巫女舞いのせいか？」

「巫女舞い？　お二人は巫女舞いを見られたのですか？」

伊織は耳目に顔を向けて笑い掛け、

「巫女など誰が信じるか。ただの遊び女だろ？　そのようなもの、我らは見ぬ」

「そうでございましたか。そうでございましょうね。伊織様は言葉を道具とされるお方。そして耳目様は言葉を計られる」

「どうした？　今日はよく喋るではないか」

「嫌になったのです。いつも伊織様が言葉を使われて、それに私が怯える。それが嫌になったのです。そこで気が付きました、私が喋ればいいのだと。伊織様の先に口を開くのです。いい考えと思いませんか？」

ふんっと、伊織が酷薄な表情になる。

「そう、女の浅知恵でございます。巫女から見れば……。巫女には群れが見えるそうです。生霊死霊が群れになっている。村とか、家とか、寺社とかに寄って形を成すそうです。巫女の目で見れば、私は松姫様に連なる子守り犬のようなもの。はぐれ者です。はぐれ者が間借りをしているようなもの。このような者に、なぜご興味がお有りなのでしょう？」

「松姫の女中だからだ。お主が伊賀者なら使い方で面白いことになる」

「そう、河尻様が言われたか？」

伊織は思わず耳目を見た。その目を避けるように耳目は横を向く。

「河尻様が伊賀から話をお聞きになり、甲江の和与に使おうとされている？　伊賀の郷士衆にも言葉を使われたか。言葉と言うより甘言を――」

伊織は楓を遮って、

「はぐれ者か。確かにはぐれ者だな。松に楓。変わらぬ松に変化の楓。今は武田で、元は織田。いや織田に化けた伊賀者であろう？」話を戻そうとする。

伊織の問いには答えないことにした。答えるから追われる。答えずにこちらが追えばいい。言葉の使い様が分かってきた。

「私がはぐれ者なら、お二人は何でしょう？　外れ者？　水底に潜む鱶とでも言うのでしょうか？　群れる者どもを眺めては弱った者を見つけては食らう、闇に潜む物の怪。人霊も言霊も恐れずに、群れて生きる者をせせら笑う。〝人で無し〟の臭いをさせて……。巫女が言っておりました。あなた様たちの霊は曼陀羅にはないと」

伊織の顔から表情が消えた。口を開かない。

薄暗い部屋に燈明だけが揺れ、男たちの影を深くしている。

楓は自分の長台詞で伊織の殺気が膨らむのを感じていた。殺気で灯りを揺らし、それが徐々に育っている。

――何か喋らなくては……。

もっと殺気を膨らませ、それが途切れて消えた時に楓は斬られる。殺気の坂道の先、崖に向かって登っていく。冷たい汗が背中を流れた。

「それを新しい人と言う」

突然、かん高い声がした。耳目の声。初めて耳目の声を聴いた。

「今の世は古い人間と、新しい人が混じり合っている」

細い目を闇に向け、ひとり話し始めた。

「群れて人の間に居る者を人間と言う。理を以ってひとり立つ人、人の理。それはひとり」

耳目の様子に、伊織も身構えた。その伊織へ言葉を振る。

「お主のように〝利〟に生きる者も居る」

言ってから口角を上げげた。大きな頬骨が捻じれ隆起し、怪異が闇底から顔を出したよう。伊織も浮かした腰を思わず引いた。

「群れなくても生きていける者。それがわれらだ。古い人間には自分と同じ人に見えるだろうが、我らから見れば別物、別の生き物……」

虚空に向かって話している。闇の扉が開き、開いた先に話し掛けている。その扉も閉まりつつある。

伊織が言葉を継いだ。

「別物？　俺の言う群れ魚か？」

「幻。幻を追って人は群れる」

言うと声を潜め、

「幻でお互いを縛り合う。縛り合って群れになる。寝所のお二人も言葉に縛られている。文交わしの言葉を幻として……。しかし我らにはそれがない。幻を自分で創る者、それが我ら。創らなければ……」声が先細りして、そのまま途切れた。耳目から言葉が去り、いつもの様子に戻っていった。

燈明の燃える音だけが三人の間を流れる。

伊織はひとつ大きく息を吐くと、どっかと座り直し、自分の動揺を恥じるように耳目へ何やら問い掛けるが、応えは何も返ってこない。応えを持たない言葉は宙に浮き、そのままひとり言となって燈明を揺らしていた。耳目も先ほどの言葉を悔いているのか、ギリギリと歯を噛みしめてこめかみに筋を浮かせている。

二人の気が逸れたので、楓は両者をじっくり見ることができた。

伊織は木霊で間合いを測ると言っていたが、測っていなければ不安で仕方ないのだろう。そして耳目は自分の言葉で他人ばかりか自分自身をも傷つける。

二人の感情らしきものを見て、楓にも余裕が生れた。

——阿形と吽形。

二人が一対の門番のように見えて、不意におかしみがこみ上げてくる。

神仏を守る仁王像。守るは寝所か、男女のまぐあいか。

右の伊織は口を開けて邪気を吐き、左の耳目が邪念を吸い込む。耳目の言う幻とはこの邪念のことか。それとも寝所の夢？

そこまで考えると力が抜け、畳目を数えようと目を落とした。そこにぽっかりと穴が開く。目の前に暗い穴が現れた。

——私の暗い穴。こんなところにあった。

安堵が胸に満ちてくる。

楓はゆっくりと息を吸い、気を丹田に沈めてから、穴へと飛び込んだ。

「申し訳ございませぬ。口が過ぎました」

ゆっくりと頭を下げ、途中で留める。そのままの姿勢で続けた。

「私はもう耐えることができなくなったのです。伊織様、あなた様です。あなた様が私の夢に現れます」

「それは艶なことだ」と伊織が固い声を出した。

目だけを上げて伊織を見据える。

「そのようなことではございませぬ。私の夢に現れて、私を斬るのです。袈裟懸けに。こうっと」袈裟懸けされる筋を自分の体に示した。

「ここを斬られて死んでいく。死んだところで夢から覚める。夢だとは思っていないから死後の世界に来たと思う。しばらくして夢だと分かり大きく息を吐く」

言葉通りに大きく息を吐いた。

「それを毎日。毎日、この世とあの世を、夢と現を行き来するのです。それを毎夜。何度も何度も……。袈裟懸けに、こう。袈裟懸けに、こう」

そして顔を上げ、

「袈裟懸けに。こう……」と三度目を口にした。

「俺も斬ったことがある。あるような気がする。夢の中で、だ。女子の体は脂が多いから刃がよく滑る。その感触が残っている」と、自分の手に目を落とした。

「夢か現か分からなくなってしまいました。もう耐えられません。これが耳目様の言われる幻？　こんなもの、悪夢でございます」

耳目が〝幻〟の言葉に顔を向ける。

二人の顔が楓に向いたところで、

「ここに」と、油紙に包んだ起請文を取り出した。

「伊賀の起請文があります。織田家の者に仇を為す、その起請文でございます。どうぞお納めくださ い。そして悪夢から救ってくだされ」と楓は油紙を開いて見せた。

伊織は覗き込むように見ていたが、すぐに手に取って文面を読み出す。

その伊織を耳目が見詰めている。視線に気付いて、伊織は文を畳み始めた。

「これは俺の手柄じゃ。俺が直接、渡す」と懐に入れようとして、手の動きが大きくなる。

楓は――

伊織の両手が塞がるのを待っていた。襟と懐へ手が行くのを見て、広げた油紙を掴み、虚空に向かって投げた。投げる時に〝広がれ!〟と念じる。反転して、油紙を背に耳目へ向かい一歩で跳び掛かった。迎える耳目も脇差を手に身構えている。

跳び掛かったと見せたのは一瞬で、楓は体を左に捻じった。と同時に目の前を閃光が走り、その後を太刀風が追う。伊織の刀が楓の前を袈裟懸けに走り抜けていく。

そこに耳目が立ち上がってくる――

耳目は――

楓の床板を踏む音で腰を浮かし脇差を手にする。楓の踏み込みは確かだ。小姓の習性が寝所を守る位置へと体をずらす。脇差を抜き、楓が武器を持っていないことを見定めてから、押し出すように立ち上がった。すると楓の体が翻り、それを追うように耳目は顔を振る。

首筋にひやりとした感触が走った。

目を戻すと、楓の後ろから伊織の獣顔がぬっと現れる――

伊織は――

起請文を懐に入れようと、両脇を大きく広げた。しかしこれは誘いの手。目は楓から外さない。思ったとおり、楓は逃げようと足を踏み出した。

伊織はもう考えない。考えが動きを縛る、そのことを知っている。いつものように意識と体を切り離し、解き放された体は獣のように動き出す。

楓の一歩で動きを見切り、腰を溜めて刀を抜く。楓の踏み込みは確かだ。その確かな足捌きで動きが読めた。すでに動きの先が目に浮かぶ。柔らげな背中が動いていく。〝袈裟懸けに斬る〟と呪文のように言われ、そこに現れた無防備な背中。背中には太刀筋が見え、刀を握る手には脂肉を切る感触が甦る。

一瞬、油紙が視界を横切った。しかし気にせずに刀を振る。

夢を追うように〝袈裟懸けに、こう〟と刀を引いた。

が、楓の体は消え、そこに現れたのは耳目の顔。耳目が脇差を抜いて立ち上がってきた。

伊織の剣先は伸びる。伸びるように技を磨いてきたのだ。切っ先が耳目の首筋から胸にかけて走り抜け、薄い斬り口を残していく――

楓は横倒しに板床を転がり、転がりながら二人を見上げた。伊織と耳目、二人が睨み合っている。

血が、耳目の首から噴き出した。それを正面から受ける伊織。耳目は不思議そうに眺めている。薄明かりの下では血は黒く見える。燈明が大きく揺れ、血まみれの二人を映し出す。赤く黒く斑に揺れて、闇に浮かぶ悪鬼のよう。

楓が目にしたのはここまで。

その後は後ろも見ずに走った。走り、寝所に飛び込んでいく。

勘九郎はすでに外の異変に気が付き、単衣を肩に掛けて立ち上がっている。その間に人の声がして、すぐに叫びに代わった。

「乱心者でございます。殿、お逃げください。姫は私が」と姫を預かる。

勘九郎は頷くと「頼む」の一言で、部屋から飛び出していった。松姫に単衣を着せていると、刀を斬り結ぶ音、人の叫びが飛び交う。

今頃になって震えが起きてきた。震える手で腰帯を結んでいると、その手を松姫がそっと握った。

見上げると姫の目がある。

「姫様、行きましょう」

二人は暗い廊下を走った。

中里伊織はその場で誅殺された。手傷の者、多数。

小姓の佐野慎之丞は殿の盾となって死んだとされた。中里の意図は不明。所持の品に起請文があったが判読不能として処理された。

　この後、織田源三郎と松姫との顔合わせが岩村城で行われたが、事件の後だけに密かであった。顔合わせとは名ばかりで実質は人質交換である。二人には武田と織田の和親の取次を託された。と、武田方は考えている。

　この間、河尻秀隆は別室で控えていた。乱心者の伊織を推挙したこと、伊賀との秘密交渉の発覚など、落ち度は多々あったが勘九郎は不問に付した。河尻に恩を売ったことになる。そして弱みを握ったとも。顔合わせの件も河尻を外に置き、口を出させなかった。

　これにより松姫と勘九郎は離れることになる。しかし二人は晴れやかだった。二人で決めたことに踏み出すのだ。必ず再び逢う、その祈りを忘れないと誓い合った。

　これが甲江和与の始め。始めとはならずに流れたと言われている。

　その後、武田は織田徳川連合による高天神城の虐殺で面目を失い、境国衆は雪崩となって離反しあっけなく潰れた。その主力を指揮したのが勘九郎である。勘九郎は武田方に考える暇を与えず一気に攻め込んだ。そして隠れていた松姫を見つけることになるが、それはまだ先のこと。

　松姫の乗る籠が甲府への道を歩んでいる。

　道筋には菜の花が黄色く揺れ、薄曇りの空には蜂の羽音が舞っている。柔らかな風が若葉の匂いを残して過ぎていった。楓は春の中に居る。

　あの後、平左は消息を絶ち、伊賀からの繋ぎもなかった。

　久し振りに見る源三郎は晴れやかで威厳に満ち、そして顔を動かさずに楓の前を通り過ぎていった。

楓には松姫に付き従い甲府に戻るしか道はない。しかしこれが自分の道と思っている。

時折、子守り犬の残像が浮かぶが、これも平左の残した幻術として大事にしている。幻の犬は、いつの間にか楓の胸に住みつき根を張っている。これが耳目の言う幻なのかもしれない。

しかし、もう畳目を数えない。新たな鎮静術を身に付けたから。

犬が顔を上げると、あの暗い廊下を思い出す。目の前に浮かぶ白い床、真っ直ぐ延びて闇の中へと消えてゆく。楓は隣の手を探り、摺り音立てて走り出す。

あの時、二人は導くのか導かれるのか分からずに、ただ前だけを見て走った。

了

参照資料

中山太郎『日本巫女史』国書刊行会
長澤伸樹『楽市楽座はあったのか』平凡社
藤木久志『雑兵たちの戦場　中世の傭兵と奴隷狩り』『城と隠物の戦国誌』朝日新聞社
藤木久志『飢餓と戦争の戦国を行く』吉川弘文館
戸田芳実編『中世の生活空間』有斐社
『中世の光景』朝日新聞学芸部編
原田信男『中世の村のかたちと暮らし』角川選書
久保健一郎『戦国大名の兵粮事情』吉川弘文館
本郷恵子『中世人の経済感覚』日本放送出版協会
本郷恵子『怪しいものたちの中世』角川選書
村井良介『戦国大名論　暴力と法と権力』講談社選書
丸島和洋『戦国大名の外交』講談社選書
丸島和洋『戦国大名武田氏の家臣団』教育評論社

戦国史研究会『戦国時代の大名と国衆　支配従属自立のメカニズム』戎光祥出版
芝辻俊六『信玄の戦略』中公新書
芝辻俊六『戦国期武田氏領の地域支配』岩田書院
鴨川達夫『武田信玄と勝頼』岩波新書
深谷幸治『織田信長と戦国の村』吉川弘文館
原直正『龍蛇神：諏訪大明神の中世的展開』人間社
金井典美『諏訪信仰史』名著出版

あとがき

『甲江和与、流れ』をお贈りします。

松と信忠の悲恋、楓と松の友情、それらを追ってもいいでしょう。または中世社会の孤独と自我の目覚めを楓に映してもいいかと思います。

もうひとつ、文、手紙です。言霊の力が二人を結びつける。当時は魔が跋扈していた時代、闇の囁きで書いた文には霊力が宿ります。なぜあんなことを書いたのか、勘九郎の悔やみも言霊の為せる業なのでしょう。懐古趣味と言われそうですが、幻術という楓の武器となり、最近では〝炎上〟という形で私たちの前に顔を出す、言葉とは侮れない物の怪です。

筆者としては、中世社会と現代に通じる近世とでは意識も価値も大きく違う、そこを表現できたらと思い、書き進めました。例えば、松は絶世の美女ですが現代人の目で見ればどうでしょう、楓の方がずっと現代的と思います。耳目が言うように舞台は中世人と近世人が混在する時代、中世から近世への移行期です。それはいつ起こったか。これは論の分かれるところ。地域によっても異なりますが、甲斐信濃では一五七〇年代からの二十年ほど、信玄西上がとん挫し武田滅亡、そして権力の空白からの大混乱期、この辺りではないかと思っています。

時代の沸騰期。中世的しがらみの中で楓という分子がぐらぐら煮られ、個として気化する。その様子を見てみたい、が最初のモチーフでした。イメージなら、一人で廊下に走り出て、二人で走り抜ける、でしょうか。

趣味で始めた調べがいつの間にか物語にまで手を広げ、縁あって郁朋社、佐藤　聡様のご指導をいただき、世に出すことができました。ありがとうございます。

そして、週末の図書館通いに付き合ってくれた妻に感謝して、あとがきとさせていただきます。

田島高分

【著者紹介】

田島　高分（たじま　たかわき）

静岡県出身、名古屋大学工学部卒（工学博士）
化学企業に勤務。

甲江和与、流れ

2020年7月15日　第1刷発行

著　者 ― 田島　高分

発行者 ― 佐藤　聡

発行所 ― 株式会社 郁朋社

〒101-0061　東京都千代田区神田三崎町2-20-4
電　話　03（3234）8923（代表）
ＦＡＸ　03（3234）3948
振　替　00160-5 100328

印刷・製本 ― 日本ハイコム株式会社

装　丁 ― 宮田　麻希

落丁、乱丁本はお取り替え致します。

郁朋社ホームページアドレス　http://www.ikuhousha.com
この本に関するご意見・ご感想をメールでお寄せいただく際は、
comment@ikuhousha.com までお願い致します。

 ISBN978-4-87302-718-0 C0093